KB272673

가끔만 생각하려고

가끔만 생각하려고

가끔만 생각하려고

박규현 에세이

ÉDITIONS
1984BOOKS

- 단행본은 『　』, 시와 작품명은 「　」, 영화는 〈　〉로 표기하였다.
- 외래어 및 모든 표기는 국립국어원 원칙을 따랐으나, 관례로 굳어진 것이나 저자의 글말을 살린 표현은 예외로 두었다.
- 국내에 번역된 외국 작품은 가급적 해당 제목을 따라 표기했다.

기꺼이 하기

일본 나가사키의 어느 시골 마을을 걷고 있을 때였다. 한낮이었는데도 거리는 한산했다.

"방금 눈 마주쳤다."

일행이 한 곳을 가리키며 말했다. 거기에는 누군가 오래전에 살다 떠나버린 것 같은 집이 있었다.

"정말?" 내가 묻자, 일행은 웃으면서 고개를 가로저었다. "아니."

몇 차례나 정말 아무것도 보지 않았느냐고 물어보았지만, 일행은 아니라는 답만 할 뿐이었다. 일행은 '방금 무언가 봤다'라고 말하지 않고, '방금 눈 마주쳤다'라고 말했다. 그 말은 일행이 무언가 '발견했다'는 게 아니라, 무언가로부터 '발견되었다'는 뜻이었다.

그날 이후로 종종 일행의 말을 들었던 그 순간의 서늘함을 떠올렸다. 일행은 왜 그런 농담을 했을까. 실은 무언가를 봤는데 보지 않았다고 한 건 아닐까.

끊임없이 반복되는 질문 끝자락에서, 나는 어느 한 장면에 도착할 수 있었다.

그 장면 속에서 초등학생 때의 나를 보았다. 어린 나는 낡고 오래된 건물의 2층에 있던 수학 교습 학원에서 창을 통해 거리를 내다보고 있었다. 바깥에서 걸어 다니는 사람들 가운데 누군가 내 시선을 알아채기를 바라고 있었다. 고개를 들어 올려주기를, 나와 눈 마주쳐 주기를, 내가 자신을 보고 있음을 눈치채 주기를 기다리고 있었다. 그때의 나를 알아챈 이는 아무도 없었다.

그때의 나를 발견한 건, 지금의 나이다.

나는 거리를 걷다가 고개를 들어 올릴 때, 위에서 내려다보고 있는 나를 발견하곤 한다. 동시에 걷는 나는 내려다보는 나에게 발견된다. 이제 나는 안다. 내가 나를 발견하고, 내가 나에게 발견되어야만 비로소 다른 것을 볼 수 있게 된다는 사실을.

쓰기 위해서, 나는 나를 들여다본다. 지나치게, 때로는 가혹하다 싶을 정도로 관찰한다. 그럼에도 불구하고 그만둘 수 없다. 멈출 수가 없다. 바꿔 말해, 그만두고 싶지 않다. 멈추고 싶지 않다. 다시 바꿔 말해, 그만두지 않는다. 멈추지 않는다.

나의 몸짓

　책장에 꽂힌 책들을 본다. 오랜 시간 동안 모아온 책들이다. 무언가를 써야 할 때, 쓰고 싶을 때, 그러나 무엇을 써야 할지 어디서부터 어떻게 써야 할지 도저히 알 수 없을 때, 책장에서 한 권을 꺼내 든다. 책과 책 사이에 끼어 있는 책. 영감을 불러일으키리라 기대하게 되는 책. 전에 없는 몰입을 경험하게 될지도 모른다는 상상을 하도록 만드는 책으로부터 도움을 받고 싶기 때문이다. 책으로부터 어떤 힌트를 전해 받고 싶다. 백지 앞에 앉아 있는 시간이 더는 지속되지 않기를 바라며 백지와 마주 앉아 있다 보면 '백지는 참으로 깜깜한 것이구나' 하고 생각하게 된다. 전보다 더 똑똑한 사람이 되게 해달라는 소원을 빌게 된다.

　나고 자란 도시에서 책을 가장 많이 가진 사람이 된다면 어떨까. 그런 신기한 일을 구경하겠다고 찾아온 지인들은 입을 모아 이렇게 말할지도 모른다. 이런 집에서는 살 수 없겠다. 여기서는 먹을 수도 잘 수도 쉴 수도 없겠다. 안 그래도 좁아터진 집이 더 좁아터져서, 건물 복도와 비상구 계단까지 책으로 넘쳐서, 집에서 쫓겨날 위기에 놓이게 될지도 모른다. 나는 책들을 죽은 책과 살아 있는 책으로 나누어야 할지도 모른다.

가늘고 긴 숨을 내쉬며 파르르 떨다 고요해지는 것은 죽은 책. 다른 책들을 밀어 넘어뜨리며 뛰어다니고, 도망치기 좋아하는 것은 살아 있는 책. 죽은 책은 중고서점으로, 살아 있는 책은 어린이 도서관으로 가져갈지도 모른다. 그럼 점원은 고개를 가로저을 것이다. 죄송하지만 이 책은 아직 죽지 않았는데요. 사서는 한숨을 푹 내쉴 것이다. 죽은 지 오래된 책은 반입이 어렵습니다. 나는 고물상에도 찾아가게 될 테지만 소용없을 것이다. 죽은 것과 살아 있는 것 정도는 구분해서 오셔야지요.

집에서 쉬지도 먹지도 자지도 못하고 다시 소원을 빌게 될 것이다. 전보다 똑똑한 사람이 안 되겠습니다. 책들은 필요하지 않습니다. 매일 밤마다 손깍지를 세게 쥔 채 빌게 될지도 모른다. 그러나 새로운 사건이 벌어질 조짐은 보이지 않고 나는 단 한 권도

읽지 못하게 될 것이다. 끝내 지쳐버릴 것이다. 거의 죽은 책과 약간 살아 있는 책을 구분하다가, 죽음과 삶을 나누는 기준에 대해 고민하는 나 자신이 싫어질 것이다.

언젠가 봤던 영화의 주인공은 지구가 멸망해 혹한의 추위에 떨다가 도서관의 서적들을 와르르 태워버렸다. 더는 태울 게 없을 때까지 태웠다. 마지막에는 불로 뛰어들었다. 한참 전에 읽었던 만화의 주인공은 인류가 좀비로 변한 세상에서 유일하게 살아남아 집에 갇혀버렸고, 집 안에 있는 모든 책을 읽으며 시간을 보냈다. 가전제품 사용 설명서, 샴푸통 뒷면이나 약상자에 네모반듯하게 적혀 있는 취급 주의 사항까지. 더는 읽을 게 없을 때까지 읽었다.

책보다 내가 더 좋아하는 생각들.

생각을 하다가 나고 자란 도시 곳곳에 구덩이를 파는 상상을 한다. 깊게 파내고, 넓게 파내고, 어디를 파냈는지 모르게 파내고, 삽을 놓치지 않으면서 중얼거릴 것이다.

이 책들은 정말 다 내 것이다. 정말로 내 것이다.

어떤 책은 나를 열등하게 만들었다. 읽는 동시에 점점 멍청해지는 경험을 했다. 물론 나를 멍청하게 만드는 것은 책이 아니라 읽기라는 행위에 기댄 나였다. 읽기를 수행하면서 무언가를 하고 있다 여기는 마음. 다 알았고 다 알 것 같다고 여기는 마음. 활자로 남은 지식을 체화하는 데서 오는 포만감을 믿었다. 나를 밑바닥으로 끌어내려 책을 선망하는 일은 편리했다. 책에 정답이 있다고 믿는 일은 몹시 쉬웠다. 나의 게으름을 타파하고자 떠올린 게으른 방법이었다. 게으른 내가, 게으른 나를, 게으르게 연민하기. 연민은 나에게 아무런 혐의가 없다는 믿음을 만들어 주었다. 나의 게으름을 열심히 혐오하며 그것을 반추할 수 있도록 힘을 보태어 주었다. 백지를 가득 메운 글은 깔끔하고 정연하고 모난 데 없는 그럴듯한 글이었다. "내가 신봉했던 책들의 어느 한 구절도, 내 존재를 온통 뒤흔들어 놓은 이 폭풍우와 재난 속으로 나를 구하러 오지 않았다."*

한 손에 들 수 있는 책. 어쩌면 몇 시간 내에 다 읽는 일이 가능해 보일 만큼 무겁지 않은 책. 나보다 어른 된 사람들, 나보다 해박한 사람들에 의해 계속해서 언급되는 책. 그러니 읽기로 하여금 나에게 무엇이라도 가져다줄 수 있을 것만 같은 책. 그 가운데 한 권을 꺼내 든다. 한참 전에 다 읽었다고 굳게 믿

* 보후밀 흐라발, 『너무 시끄러운 고독』 (이창실 옮김, 문학동네, 2016, 113쪽)

어왔는데 처음부터 끝까지 낯설게 느껴지는 책이 있는가 하면, 오늘 처음 본 책인 양 생경했는데 페이지를 넘기다가 지난날 내가 남긴 메모나 정직하게 그어진 밑줄을 발견하게 되기도 한다.

이것들은 정말 나의 책인가? 아니다. 책에 들어 있는 언어는 나의 것이 아니다. 내가 찾아 헤매는 언어는 책에 깃들어 있는 종류의 것이 아니다. 언어는 읽기로써 획득할 수 있는 게 아니다. 나는 책을 거부한다. 현학적인 언어에 매혹되기를 거부한다. 정리되지 못한 언어들을 거부한다. 언어와 단절된 상태에서 하게 되는 사유는 위험하다. 그런 식의 사유는 원래의 의도와 다르게 발화될 수 있기 때문이다. 내가 고통스럽다는 이유 하나만으로 울분을 쏟아내는 일에 매몰되어 버릴 수 있다. 난폭한 모습으로 변해버릴 수 있다. 알고 있다. 읽기는 만사에 능한 행위일 수 없다.

포효하기만 하는 시 속에는 아무도 없다. 나도 없다. 방향도 없다. 목적도 없다. 악다구니밖에 없다. 그럼에도 불구하고, 언어는 언제나 여기에 있었으며, 있고, 있을 것이다. 내 것이되, 내 것 아닌 것으로서.

*

책장에 꽂혀 있는 책들을 본다. 오랜 시간 동안 모아온 책들이다. 내가 죽으면 이 책들은 다 어디로 가게 되는 걸까. 어쩌면 책들은 내가 죽기를 기다리고 있을지도 모른다. 언젠가의 내가 진짜 부모를 기다렸듯이, 진짜 집이 있다고 믿었듯이, 내 영혼이 깃들 수 있는 진짜 몸과 내 몸이 담을 수 있는 진짜 영혼을 찾아 헤맸듯이, 책들은 자신들을 건사해 낼 진짜 주인을 꿈꾸고 있을지도 모른다. 책들을 위해 책들을 일찌감치 처분하는 것이 옳은 일일지도 모른다. 책에 기대는 일을 그만두는 것이 최선일지도 모른다. 그러나 "글쓰기의 몸짓은, 생각을 텍스트의 형태로 실현시키는 일의 몸짓"*이므로, 나를 나답게 하는 한 문장을 위해 쓰기를 그만둘 수 없는지도 모른다.

안 똑똑한 내가, 나는 덜 미웠다.

* 빌렘 플루서, 『몸짓들』 (안규철 옮김, 워크룸프레스, 2018, 38쪽)

있는 힘껏 우는 사람의 얼굴

"시인은 영원한 배반자다. 촌초寸秒의 배반자다.

그 자신을 배반하고,

그 자신을 배반한 그 자신을 배반하고,

그 자신을 배반한 그 자신을 배반한 그 자신을 배반하고……

이렇게 무한히 배반하는 자. 배반을 배반하는 배반자……

이렇게 무한히 배반하는 배반자다."*

나는 갑자기 울음을 터뜨리는 아이였다. 울기 시작하면 방 안에서 혼자 실컷 울다 말끔한 얼굴로 걸어 나오는 아이기도 했다. 가끔 그런 애였던 나는 어른들이 왜 우냐고 물어봐도 절대 답하지 않았다고 한다. 타고나길 예민했던 나는, 거슬리는 것에 대해 어떻게 말해야 할지 몰랐던 게 아닐까 싶다. 끊임없이 나를 건드리는 그것의 정체를 밝혀내고 싶어서 시를 쓰게 되었는지도 모른다.

* 김수영, 『김수영 전집 2: 산문』(민음사, 2013, 255쪽)

시를 쓰며 나는 해방감을 느낀다. 그것은 내가 나를 배신했다는 데서 오는 만족감이다. 줄곧 하고 싶던 말을 해냈다는 데서 오는 홀가분함이 아니다. 마침내 내가 나를 내던지는 일에 성공했다는 데서 오는 가뿐함이다.

무언가를 쓰는 동안에, 나는 나를 밀어 넘어뜨린다. 온몸으로 상대한다. 눈물 한 방울 흘리지 않으면서 우는 나, 나 자신에게 또는 나 자신을 제외한 모든 이들에게 무례하게 구는 나, 내 고통만이 세상의 모든 고통인 줄 착각하는 나, 내게 아무런 혐의가 없다고 믿는 나를 상대한다. 바로 볼 수 없는 나. 세속적인 나. 폭력적인 나. 치졸한 나. 외면해선 안 되는 일을 외면하고 싶은 나. 고민하기 싫은 나. 시치미를 떼는 나. 이런 나를 열거하며 스스로를 별수 없다 여기는 데서 생각하기를 그치고 싶은 나.

이제 나는 울지 않는다. 울지 않는다고 쓰는 것은 내가 나를 배반하는 일이다. 이제 나는 울지 않게 되었다. 울지 않게 되었다고 쓰는 것 또한 나를 배반하는 일이다. 이제 나는 가끔만 운다. 갑자기 우는 일이 싫기 때문이다. 이렇게 쓰는 것은 어린 나를 배반하는 일이다. 어린 나 역시 갑자기 우는 일을 좋아하지는 않았을 것이다. 울음을 그쳤으면 하고 바랐던 것은 나를 달래던 어른들보다도 내가 먼저였을 것이다. 어떤 식으로 쓰든, 나를 배반하지 않을 수는 없다. 있는 힘껏, 나는 나를 배반한다. 있는 힘껏 우는 것처럼. 땀을 흘리고, 머리카락이 뒷덜미에 엉겨 붙고, 코를 훌쩍이고, 짧은 숨을 나누어 쉬는 것처럼.

내 머리채를 쥐어뜯고 못 살게 구는 나. 그런 나에게 굴복하기를 거부하는 나. 그런 나를 응시하는 순간에 들려오는 목소리. 그 목소리를 받아 적는다. 그 목소리를 받아 적는 사람은 가끔 나이다. 가끔은 내가 아니며 가끔은 나이자 내가 아닌 누군가다. 나는 무한히 나를 배반한다. 어디까지고 나를 배반한다. 나를 배반하는 일을 몇 번이나 더 해낼 수 있을까 고민하면서, 나는 나를 몇 번이고 배반한다. 나는 나를 배반하는 동시에 나로부터 벗어난다. 일순간. 나는 내가 기꺼울 수 있다.

주머니에 찔러 넣은 손

겨울을 좋아하지 않는다. 추위를 잘 타기 때문이다. 내복을 입고, 긴소매 티셔츠를 입고, 스웨터를 입고, 그 위에 코트나 패딩을 입고도 찬바람에 살갗이 에는 듯하기 때문이다. 얇은 옷 여러 벌을 껴입은 채 거리를 걷다 보면 몸은 쉽게 둔해지고 금세 피로해지기 때문이다. 따뜻한 실내에 들어갈 때마다 그 모든 게 짐처럼 느껴지기 때문이다. 털모자를, 털장갑을, 털목도리를 깜박하게 될까 봐, 내가 자꾸 무언가 흘리거나 놓칠까 봐 전전긍긍하게 되기 때문이다. 눈이 오거나 길이 얼면 미끄러져 넘어지는 일이 잦기 때문이다. 아프고 수치스럽기 때문이다. 얼굴이 화끈거려 식은땀이 나기 때문이다. 연말에는 한 해가 다 끝나버렸다는 허무함에 빠지고, 연초에는 새로운 마음가짐을 가져야만 한다는 압박에 시달리기 때문이다. 들뜬 얼굴을 한 사람들 사이를 오가다 보면, 나 혼자만 부유하고 있는 것 같기 때문이다. 형형색색의 전구들과 리본이 묶인 상자들과 팔짱을 낀 채 걸어 다니는 연인들과 단란한 모습의 가족들을 보다 보면 모든 게 영 가짜 같기 때문이다. 혹은 너무 진짜 같기 때문이다. 생생한 온기를 지닌 여러 화목과 평화가 이 세상의 전부 같다는 착각에 빠지기 때문이다.

나는 주머니에 손을 찔러 넣어둘 뿐이다. 주머니에 손을 넣는다고 하기보다 찔러 넣는다고 쓰는 것을 좋아한다. 주머니 속에서 종종 발견되는 영수증, 사탕 껍질, 명함을 들여다보는 것을 좋아한다. 짧게는 며칠, 길게는 몇 계절 동안 구겨진 채 있던 것들을 펼쳐서 보는 걸 좋아한다. 내가 어디에 갔었는지, 무엇을 먹었는지, 누구를 만났는지 새삼스레 떠올리는 것을 좋아한다. 백화점이나 쇼핑몰에서 받은 시향지를 넣어두었다가 꺼낼 때 감도는 코튼향을 좋아한다. 주머니 속에 넣어두고 잊어버린 쪽지를 좋아한다. 쪽지에 적혀 있는 말들 — 내가 필요로 하던 말, 원하던 말, 들어본 적 없는 말, 나조차도 모르는 말 — 을 좋아한다. 그 말들을 최대한 많이 마주치기 위해 주머니가 많은 옷을 좋아한다. 여름옷보다 주머니가 많은 겨울옷을 좋아한다. 주머니가 많은 옷에 여러 가지를 넣고 다니는 것을 좋아한다. 주머니에 들어가지 못할 것은 없다는 듯 주머니에 들어갈 수 있는 모든 것을 상상하기를 좋아한다.

상상 속 주머니는 아주 커다란 주머니다. 주머니에는 모든 것을 집어넣을 수 있다. 이 모든 것에는 살아 있는 것도 죽어 있는 것도 전부 포함할 수 있다. 손으로 만질 수 없는 것도, 손으로 만질 수 있는 것도 주머니에 있을 수 있다. 나도 주머니 속에 들어가 볼 수 있다. 주머니 속에는 또 다른 세상이 있다. 햇볕은 사납지만 그늘 밑으로 몸을 피하면 시원한 바람을 느낄 수 있다. 노곤해져 잠든 내 어깨를 가볍게 흔드는 손짓이 있다. 다시 볼 수 없게 된 친구들을 만날 수 있다. 그 친구들을 안아볼 수 있다. 그 친구들이 얼마나 따뜻한 몸을 가지고 있었는지 기억해 낼 수 있다. 그러나 상상 속 주머니는 상상 속에만 있다. 나는 주머니에 손을 찔러 넣은 채 눈을 맞고 서 있다. 쓸쓸한 밤눈이 언젠가는 지상에 내려앉게 되리란 사실을 믿을 수 없고, 날이 밝아오면 눈이 또 다른 세상 위에 눈물이 되어 스미게 되리란 사실을 믿을 수 없고, 그때까지 어떤 죽음도 눈에게 접근하지 못할 것이란 사실을 믿을 수 없다.* 겨울을 좋

* 기형도, 『입 속의 검은 잎』 (문학과지성사, 1989. 「詩作메모(1988.11)」 부분 변용)

아할 수가 없다.

주머니에 손을 찔러 넣고 걸으면서, 눈을 맞으면서, 겨울이 싫다고 생각하면서, 아무 생각도 하고 싶지 않다고 생각한다. 아무 생각도 하고 싶지 않다는 생각마저 하기 싫다고 생각한다. 주머니 속에 들어 있는 손을 펼쳤다 오므리면서, 내게 손이 있다는 걸 느끼면서, 이 손으로 무언가를 내던질 수 있고 짓누를 수 있고 찢어버릴 수 있다는 걸 이해하면서, 내가 이런 나 자신에 대해 쓸 수 있는 자라는 사실을 생각한다.

내가 쓸 수 있는 자라는 사실은 나를 수치스럽게 한다. 나를 견딜 수 없게 한다. 나를 꼼짝 못하게 한다. 늪에 빠진 것처럼. 계곡으로 여름휴가를 갔던 어린 시절, 넓적한 바위 위에 올라서 있던 내가 평평하고 너른 지면 쪽으로 건너뛰었던 날처럼. 내 두 발이 땅에 닿자마자 매섭게 나를 끌어당기던 진흙의 아귀힘처럼. 벗어나려 할수록 나를 더 끌어당기던 생경하고 끈질긴 늪지대처럼. 별수 없이 나를 쓰게 만드는 것처럼. 마침내 내가 되고 싶은 그것처럼.

주머니에 찔러 넣어둔 손가락을 하나씩 움직여본다. 주머니 속에 한참 동안 들어 있던 손은 시리기

만 하다. 혈액 순환이 잘되지 않아서 그렇다는 말을
많이 들었다. 멀쩡히 심장이 뛰고 있고, 끼니를 챙겨
먹고, 베개에 머리를 뉘어 잠을 자는데 피가 잘 돌지
않는다니.

생각해 보면, 차가운 내 손을 맞잡아 주던 사람들
이 있었다. 자기는 몸에 열이 많다며 나를 놓치지 않
던 사람들이었다. 그 사람들의 손을 떠올린다. 어쩌
면 나는 이미 죽었는지도 모른다. 죽은 줄 모르고서
길거리를 배회하는 영혼일 수도 있다. 겨울이 싫어
서, 추위를 피하고 싶어서 껴입었던 옷이며 모자며
목도리 따위를 벗어던져도 괜찮을 수 있다.

주머니에 손을 찔러 넣을 수만 있다면, 주머니에
내 두 손을 숨겨둘 수만 있다면, 멀쩡할 수 있다. 멀
쩡하다. 멀쩡할 것이다. 멀쩡하게 다음날을 맞이할
수 있다. 다음 계절을 기대할 수 있다. 다음에 만날
친구를 기다릴 수 있다.

아직 다 파묻히지 않았다는 중얼거림

2022년 12월 28일, 오후 2시가 넘어서야 신치토세 공항에 도착했다. 백신 예방접종 증명서 같은 서류들을 미리 준비해 가면 출입국 심사가 조금 수월하다는 정보에 여행 일주일 전부터 꼼꼼히 챙겨둔 상태였다.

첫날은 숙소 근처에서 밥을 먹고 여유롭게 산책이나 해볼 예정이었으나, 소용없는 계획이었다. 나와 같은 시간대에 도착한 외국인 관광객들이 아무런 서류를 준비해 오지 않았던 것이다. 그들의 입국 심사를 기다리느라 내가 미리 챙겨 간 서류들은 무용지물이었고, 꼼짝없이 대기 줄에 묶여 있을 수밖에 없었다. 간신히 입국 심사를 받았을 때, 시간은 오후 4시가 지나 있었다.

공항에서 시내로 나가는 열차에 탑승해서 창밖을 내다보았다. 유리창에는 내 얼굴만 반사되었다. 처음에는 지하를 통과하는 거라고 생각했는데 알고 보니 진작 해가 진 것이었다. 홋카이도는 겨울이면 오후 3시부터 일몰이 시작된다는 걸 몰랐다.

미나미오타루역 근처에 위치한 숙소에 도착해서는 짐을 풀기도 전에 저녁 먹을 곳부터 찾아보았다. 한창 저녁 시간인데도 인근의 슈퍼마켓이며 식당, 카페 모두 영업시간이 끝난 뒤였다. 식사를 할 만한 곳은 도보로 36분 거리에 있었다. 경로를 찾아보니 버스나 전철을 탄다 해도 족히 30분은 걸어야 했다. 집 밖을 나서고서 한 일이라곤 이동뿐이었다. 여행지에서의 첫 끼니를 편의점 음식으로 때우고 싶지 않았다.

식당으로 가는 길은 캄캄했다. 잔뜩 쌓인 눈 위로 쉬지 않고 눈이 내리고 있었다. 외투 주머니에 손을 찔러 넣은 채 걸었다. 화려한 외관의 파친코를 지나쳤다. 불빛 하나 없는 주택가를 지날 때는 휴대폰의 손전등 기능을 사용해야 했다. 아무도 살지 않는 마을에 온 기분이었다. 아무도 살지 않는 마을에만 내리는 눈이 내 외투 위로 쌓이는 것 같았다.

폭설을 뚫고 걸어가는 동안에는 가장 싫어하는 겨울에 어쩌자고 이런 곳에 올 결심을 했었는지 생각해 보았다. 두꺼운 외투가 어깨를 짓누르는 것 같다고 생각하면서. 모자며 목도리며 장갑이며 겹겹이 두르고도 추워하면서. 둔해지는 걸음걸이, 갈수록 힘을 주게 되는 턱, 내게 달려 있다는 자신이 없어질 정도로 시린 발을 의식하면서. 질펀해지거나 탁해질 새 없이 쌓이고 또 쌓이는 낯선 곳의 낯선 눈을 맞으면서. 어딘가에서 눈보라 속을 걷고 있을 사람의 얼굴을 상상하면서. 언제 맞스치기 시작하는가*, 말 건네면서.

이와이 슌지의 영화 〈러브레터〉를 본 것은 2017년의 일이었다. 이미 유명한 영화지만 한 번도 끝까지 본 적이 없어서 부러 극장에 가 관람했다. 영화는 제목과 포스터만으로도 어떤 장르의 영화인지 충분히 예상할 수 있었다. 한국에서 유난히 흥행에 성공했다는 멜로 영화. 당시의 내게는 모두가 좋다고 말할 때 젠체하며 시건방을 떨고 싶은 삐딱함이 있었고, 평소에 즐겨 보던 장르도 아니었기에 별다른 기대를 하지는 않았다. 상영관을 나오면서도 예상했던 그대로라고 생각했다. 시간을 때우기에 적당한 영화였고 아름답고 쓸쓸한 장면들로부터 어떤 여운을 얻기도 했지만, 눈 녹듯 금세 사라질 정도였다.

* 사이토 마리코, 『단 하나의 눈송이』(봄날의 책, 2018. 「눈보라」 부분 변용)

오타루에는 영화 〈러브레터〉의 촬영지가 몇 있었다. 영화 첫 장면에서 주인공 히로코가 누워 있는 눈밭이 오타루의 텐구산이라는 걸 알고는 여행 계획에 끼워 넣었다. 로프웨이를 타고 올라간 전망대 실내에는 스키장을 이용하는 몇몇 사람만이 몸을 녹이는 중이었다. 실외에는 스키장으로 가는 길과 산책로가 있는 듯했는데, 눈이 잔뜩 쌓여 있는 데다가 눈보라가 치기 시작해 전망대에서 멀리 가볼 수는 없었다. 전망대로부터 약간 떨어져 있는 정자는 거의 눈 속에 파묻혀 있다시피 했다. 그 아래서 계속되는 눈을 피해 잠시 서 있을 때였다.

아무도 정자 근처로 오지 않았다. 아무도 나를 부르지 않았다. 조난되는 상상을, 아무도 나를 찾지 않는 상상을 했다. 내가 어떤 끔찍한 상상을 하는지 아무도 모른다는 게, 누구도 내 위태로움에 관심이 없다는 게 다행스러웠다.

오타루에 도착하기 며칠 전의 상담에서 주치의는 말했다.

"'정신질환이 있기 때문에'가 아니라 '정신질환이 있는데도' 이렇게 버티고 있다, 버텨낸다 생각해야 해요."

다짜고짜 도착한 여행지에서 다짜고짜 이리저리

쏘다니며 주치의의 말을 계속 되뇌었다.

나는 버티고 있다.

애도가 죽은 자를 감각할 수 있는 방식 가운데 하나일 때, 애도는 눈길에 찍힌 발자국을 곧장 지워버리는 눈보라보다 더 매섭고 끈질기게 나타난다. 애도는 "말할 필요도 없고, 말할 수도 없는"* 외침이 얼마나 무용한지 일깨운다. 애도는 객관적인 판단력이나 인지 능력을 감춰버린다. 애도는 불규칙하게 궁지를 만들어 내고 애도하는 자를 몰아넣는다.

만일 누군가 지금의 내게 영화 〈러브레터〉가 좋았냐고 묻는다면, 그렇지 않다고 할 것이다. 이 영화는 주인공인 히로코를 다루는 방식에 있어서 문제적인 지점이 분명하게 있다. 그렇지만 나는 이 영화를 서너 번은 더 봤고, 왓챠피디아에 별점 다섯 개를 주었다. 지금의 나는 히로코를 이해할 수 있기 때문이다. 내가 조난되길 선택하지 않았듯이, 히로코도 서럽게 울어버린 이후에는 자기 자신을 다독이는 법을 알게 된다. 설산에 도착했을 때 주저앉은 히로코는 무너진 게 아니었다. 다시 일어서기 위한 준비를 끝마쳤

* 롤랑 바르트, 『애도 일기』 (김진영 옮김, 걷는나무, 2012, 56쪽)

던 것이다.

오타루에서 머문 열흘은 거절의 시간이었다. 11월 말부터 해가 바뀌고 설이 되기 전까지는 어딜 가든 붐비는 한국과 달리, 일본은 성탄절이 지나고 나면 긴 연휴의 시작이자 명절이라 거리가 조용하다. 이 또한 오타루에 있는 동안에나 알게 되었다.

한 끼의 식사와 한 잔의 커피를 해결하는 게 가장 큰 난관이었다. 구글 지도상 영업 중이라고 표시되어 있던 가게였는데 막상 찾아가 보면 대개 닫혀 있었다. 오타루는 백화점이나 쇼핑몰이랄 게 없었다. 상시 영업을 할 만한 문구점이나 소품숍 같은 곳은 전부 삿포로에 있었다. 눈 쌓인 거리를 오래도록 걷다 보면 금세 피로해지곤 했다. 지친 몸으로 숙소에 돌아와서는 매일 짤막한 일기를 썼다. 일종의 보고였다. 아직 다 파묻히지 않았다는 중얼거림이었다.

모두 게 어그러진 계획에서 마주한 몇 번의 행운도 있었다. 여행 첫날, 저녁을 먹으러 가던 길에 유난히 어떤 가게가 익숙해 보였다. 영화 〈윤희에게〉의 촬영지였던 카페 '초비차(Chobicha)'였다. 다음날 방문해야겠다고 생각한 순간, 가게 출입문에 붙어 있는 종이가 눈에 들어왔다. 내가 귀국하는 날짜부터 영업을 재개한다는 안내문이었다. 그때 누군가 등 뒤에서 나를 부르는 소리가 들렸다. 카페 사장님이었다. 나는 내가 한국에서 온 여행자이며 영화에서 카페를 본 뒤로 한번 와보고 싶었다는 이야기를 건넸다. 카페 휴무 일정과 겹쳐서 아쉽다고 덧붙이자, 그는 잠시만 기다려 달라는 말을 여러 차례 반복하더니 가게 안으로 허겁지겁 들어갔다. 다시 나온 그의 손에 들린 봉투에는 가게에서 파는 과자 여러 개가 담겨 있었다.

영업 중인 가게를 찾다 우연히 들어간 식당에서 만난 한국인으로부터는 오타루에서 하는 신년 카운트다운 장소를 전해 들었다. 덕분에 스크린이나 모니터를 쳐다보며 카운트다운을 외치지 않고, 모두와 허공에 술잔을 갖다 대고 숫자를 외치며 2022년의 마지막 날을 보낼 수 있었다. 또 우연히 만난 현지인들이 추천해 준 소바 가게에서 2022년의 마지막 식사를 할 수 있었고, 2023년의 첫 번째 식사 역시 우연히 들어간 식당에서 단팥죽을 맛볼 수 있었다. 달고 부드러운 단팥죽을 말끔히 먹고서 가게를 나올 때, 주인이 나를 뒤따라 나왔다. 말없이 내 손에 귤 두 개를 쥐여주었다. 다짜고짜 떠나본 여행에서 어떤 행운은 다짜고짜 다가왔다. 기척 없이.

한국에 돌아와서 오타루에서 찍었던 필름들을 현상했다. 찍은 사진을 보는 것만으로도 내가 언제 어디서 왜 필름을 감고 셔터를 눌렀는지 알 수 있었다. 초점이 안 맞거나 흔들린 사진을 보면서도 원래 찍고 싶었던 게 무엇이었는지 쉽게 떠올려 냈다.

400장 가까이 되는 사진 가운데 가장 많이 찍혀 있는 건 눈이었다. 눈이 잔뜩 쌓인 바람에 통행이 금지된 육교, 하루 종일 제설 작업하는 사람들, 눈 쌓인 지붕이나 시계탑 같은 것들. 그토록 질색하던 겨울의 장면들. 얼어붙게 만들고 미끄러지게 만드는 추위 속에서 나는 몇 번이나 멈춰 섰던 것이다. 잠깐씩은 의연해졌던 것이다.

빛을 반사하는 눈에 한참 시선을 두고 있으면 눈물이 맺혔다.

뒤돌아봐

버거운데 버겁지 않다고 믿는다. 즐겁지 않은데 즐겁다고 믿는다. 그만하고 싶은데 다 할 수 있다고 믿는다. 믿고, 믿고 또 믿는다. 계속 믿다 보니 원래 믿던 게 무엇이었는지 알 수 없다. 내가 믿고 있던 게 없었다고 믿는다.

시집에 친구들 이름을 써넣을 때 겁이 났다. 친구들아, 너희들 이름을 써넣었는데, 너희들 이야기를 이렇게나 잔뜩 해버렸는데 괜찮겠니? 물어볼 수가 없었다.

친구들은 괜찮다고 말해주었다.

살아 있는 친구들이 해준 말을 믿는다. 시를 쓸 때만 내 곁에서 생생해질 수 있는 친구들을 믿는다. 친구들 얼굴을 보려고 나는 쓰고, 또 쓰고, 더 쓴다. 내게 남아 있는 얼굴들을 되감아 본다. 믿는다.

후지모토 타츠키의 단편 만화『룩백』의 주인공 후지노에 대해 이야기하고 싶다. 후지노는 학교 신문에 네 컷 만화를 연재하는 초등학생으로, 매번 친구들로부터 '만화 정말 좋다', '잘 그린다'는 평가를 받곤 한다. 그래서 후지노는 자기 자신이 그리는 만화에 대해 단 한 번도 의심해 본 적 없다. 학교에 결석하기 일쑤던 동급생 쿄모토의 만화에서 엄청난 재능을 느끼기 전까지는. 후지노는 쿄모토보다 훨씬 더 '잘 그리기' 위해 부단히 애를 쓰지만 쿄모토의 재능 앞에서 자신의 만화가 얼마나 초보적인지를 실감할 뿐이다. 그러나 쿄모토가 후지노에게 '너의 팬이었다'는 사실을 고백한 이후, 두 사람은 콤비가 되어 공모전에 투고할 만화 원고를 같이 만들어 나간다. 심지어는 만화를 연재할 기회까지 얻게 된다. 언제까지고 함께 만화를 그렸다면 좋았겠지만, 만화가의 길을 걷기로 결정한 것은 후지노 한 사람이다. 그렇게 후지노는 인기 있는 만화가가 되고 쿄모토는 대학에서 미술을 공부한다. 그러던 어느 날, 후지노는 쿄모토의 사망 소식을 접하고야 만다. 그런 후지노가 할 수 있는 건 상상하는 일밖에 없다. 쿄모토를 만나지 않고, 만화를 더는 그리지 않고, 만화에 심취하기 이전 취미로 배웠던 가라데를 그만두지 않고,

그리하여 쿄모토의 죽음을 막는 자기 자신을. 하지만 후지노가 하는 상상 끝에는 다시 만화를 그릴 것이라고 말하는 자신과 쿄모토가 있다. 후지노는 쿄모토가 죽은 이후에도 그리기를 멈추지 않는다. 뒤를 돌아본 이후에야 후지노는 정면을 바로 볼 결심을 할 수 있었다. 후지노에게 그만두지 않고 계속해 나갈 수 있는 용기를 준 것은 쿄모토였다. 후지노는 최초의 용기를 생각할 때마다 쿄모토를 함께 떠올릴 수 있었다.

후지노는 언제든 뒤를 돌아볼 수 있다. 돌아봐도 괜찮다.

그리스 신화에 등장하는 음유 시인 오르페우스는 아내 에우리디케가 죽고 난 뒤, 비탄에 잠겨 괴로워한다. 그는 에우리디케를 되살리기 위해 저승까지 찾아가고, 죽음의 신 하데스를 감동시키는 데 성공해 에우리디케와 함께 이승으로 갈 수 있는 기회를 얻는다. 이때 하데스는 오르페우스에게 한 가지 조건을 제시한다. 절대 뒤를 돌아보지 말 것.

오르페우스는 이승으로 가는 동굴 속에서 에우리디케가 자신을 잘 따라오고 있는지 확인해 보고 싶은 마음을 간신히 억누르는데, 거의 이승에 다다랐을 즈음 결국 뒤를 돌아보고야 만다. 금기를 어기게 된 오르페우스는 에우리디케가 다시 저승으로 사라져 가는 모습을 지켜볼 수밖에 없게 된다.

이 신화가 유난히 오래 기억에 남아 있는 건, 오르페우스와 에우리디케의 사랑이 비극적인 결말을 맞이했기 때문은 아니다.

나는 오르페우스의 절망스러운 얼굴을 상상하지 않는다. 내가 자꾸 떠올려 보고 싶어지는 것은 에우리디케의 얼굴이다. 에우리디케는 금기를 깬 오르페우스를 원망했을까? 오르페우스가 금기를 어기게 되리란 것을 예감했을까? 이승 앞에 선 연인의 얼굴에서 에우리디케가 본 것은 무엇이었을까? 그 찰나의 순간, 두 사람은 서로의 얼굴을 마주 볼 수 있었을까?

종종 오르페우스처럼 하데스를 찾아가 내 친구들을 돌려달라 외치고 싶었다. 그렇지만 그게 과연 친구들이 원하는 바일까? 에우리디케는 멀어져 가는 오르페우스를 보며 크게 절망스럽지 않았을지도 모른다. 이승보다 저승이 낫다고 생각했을 수도 있다. 이승과 저승의 경계를 통과하는 과정 자체가 지난해서 모든 게 다 지겨워졌을지도 모른다. 오르페우스에게 주어진 금기가 깨지기를 원했던 사람이 있다면, 그건 에우리디케가 아니었을까.

먼저 떠난 친구들을 이해하고자 했다. 그러다 보면 그 모든 일에 나의 이해가 필요한 게 아니라는 걸 알 수 있었다. 친구들의 선택이 친구들의 용기라고 생각할 수 있었다. 그렇게 믿다 보면 새로운 미래가 생겼다. 내 뒤로 길게 이어진 미래. 내 발밑에서부터 생겨나 뾰족하게 이어지는 이후의 시간.

『룩백』의 마지막 장면은 책상 앞에 앉아 성실히 만화를 그리는 후지노의 뒷모습으로 끝난다. 그 뒷모습은 이승에서의 시간을 마친 쿄모토가 바라보는 것, 동시에 먼 미래의 후지노가 바라보는 장면일 것이다. 그러므로 나는 계속 쓴다. 이곳에 있는 한. 몇 번이고 뒤를 돌아보지 말라는 금기를 깨면서. 뒤를 돌아보지 않고서는 알아챌 수 없는 또 다른 미래를 끊임없이 그리워하면서.

친구가 있었더라면 어떤 글은 쓰이지 않았을 것이다. 친구가 없었더라면 어떤 글은 공개되지 않았을 것이다. 친구는 나에게 뒤돌아보지 말라고 말하지 않는다. 앞만 보라고 하지도 않는다. 내가 발을 헛디뎌도 고꾸라져도 주저앉아 버려도 나를 나무라지 않는다. 등 떠밀지 않는다. 내 생일날 나를 불러다 미역국을 끓여준다. 후두염과 식도염으로 고생하면

영양제를 선물로 보내준다. 일하는 게스트 하우스에 나를 초대해 모닥불을 피워준다. 영 입맛이 없다는 나에게 먹고 싶은 요리가 있는지 물어본다. 터무니없이 포뇨 라면을 먹어보고 싶다는 부탁에 그것과 비슷하게 생긴 라면을 만들어 준다. 자기가 모아온 만년필과 잉크를 늘어놓고 내가 하나씩 꺼내어 써볼 수 있도록 해준다. 중고서점에서 내가 좋아하는 시인의 초판 시집을 발견했다며 건네준다.

그동안 나는 나를 가만히 내버려둔다. 뒤가 있다는 것을 잊는다믿는다. 앞이 있다는 것을 잊는다믿는다. 아무 데로도 가지 않아도 괜찮다는 사실을 기억한다믿는다.

쓰기와 믿기

시간이란 무엇일까. 블랑쇼는 하나의 단어에 지나지 않는 시간 속에 다양한 경험이 침전되어 있다고 말했다.* 그러니까 시간은 결코 개별적이지 않은 것, 언제나 타인과 공유해야만 하는 무엇이다. 우리가 동일한 시공간에 놓여 있다 해도, 우리 앞에 놓여 있는 사물은 각자에게 서로 다른 방식으로 인식되고 지각된다. 시간은 개별적이지 않지만, 시간 속에 놓여 있는 우리 모두는 개별적인 존재들이기 때문이다. 그러므로 시간은 저마다의 방식으로 이해될 수밖에 없다. 우리는 시간 속에서 벌어지는 일련의 일들을 서로 다르게 기억하고, 시간이 지날수록 기억은 왜곡되며, 그렇게 왜곡된 기억들로 하여금 마침내 시간 전체가 왜곡되기에 이른다. 이런 시간은 언어화될 수 있을까. 시간을 언어화한다는 건 그 자체

* 모리스 블랑쇼, 『도래할 책』(심세광 옮김, 그린비, 2011, 29쪽, 변용)

로 또 다른 왜곡을 만드는 일이 아닐까.

　마르셀 프루스트의 『잃어버린 시간을 찾아서』에서 시간과 관련하여 함께 중요하게 다루어지는 것은 기억이며, 이 기억은 '진실'과 연루된 것으로 표현된다. 『잃어버린 시간을 찾아서』는 "가장 운이 좋은 상황에서도, 시각이 접근을 허용하는 유일한 진실은 거짓의 진실"*이라는 말처럼, '나'가 목격한 모든 것들이 진실이라 할 수는 없다고 재차 강조한다. 우리가 공통된 시간 속에서 공통된 경험을 하게 된다 할지라도 우리의 기억이 저마다의 방식에 의해 왜곡될 수밖에 없다면, 진실이라는 관념은 시간만큼이나 우리가 '잃어버린' 채 이해할 수밖에 없는 현상에 지나지 않는다.

　『잃어버린 시간을 찾아서』에서 진실은 미각, 촉각, 청각과 같은 가시적으로 드러나지 않는 감각에 의해 드러난다. 마들렌을 먹거나 포석에 부딪히거나 부츠의 단추를 채울 때와 같이, 찰나에 지나지 않는 순간에 '나'의 의지와는 무관하게 잃어버린 감각들이 생기된다. '나'가 찾고자 하는 것은 이러한 감각들이며, 이러한 감각들에 있을 진실이다. 프루스트가 이 책을 통해 도달하고자 하는 목적지가 있다면, 그곳은

<hr>

*　자크 랑시에르, 『픽션의 가장자리』 (최의연 옮김, 오월의봄, 2024, 66쪽)

"감각적인 것이 단지 또 다른 감각만을 가리키는 감각일 뿐인 곳"*이다. 시간이라는 관념과 기억이라는 인상 사이에 놓여 있는 진실이라는 현상을 감각하기 위해서, '나'를 다시 보기 위해서 '나'는 쓰는 자가 되며, 이러한 '나'를 씀으로써 프루스트 또한 쓰는 자가 된다.

그러나 이때의 '나'는 쓴다는 행위 자체를 끊임없이 유예하는 인물이다. '나'는 계속 의심을 거듭한다. '나'가 쓰기를 결심하는 순간, 쓰는 자로서의 태도를 갖추고 자신이 잃어버린 것을 찾기 위한 여정을 떠나겠다고 결심한 순간, 프루스트의 쓰기가 종료된다는 사실은 의미심장하게 느껴진다.

프루스트는 '나'라는 화자의 신체를 빌린 채 쓰는 행위로서 잃어버린 시간을 되찾기 위해 고군분투한다. 잃어버린 것들을 다시 감각해 보는 것, 그것은 쓰는 자로서 자기 확신을 갖게 되는 작업이자 왜곡된 채 존재하는 자기 자신을 이해하는 과정이기 때문이다. 이러한 과정에서 등장하는 알베르틴은 언제나 진실과 진실 아닌 것 사이에 놓여 있다. '나'는 끊임없이 알베르틴이 숨기고 있는 진실에 가닿으려 애쓰고, 그 진실에 다가가기 위해 자기 자신마저 진실을

* 같은 책, 67쪽

감춘다.

그러나 알베르틴이 예기치 못한 사고로 죽어버렸을 때, '나'는 더 이상 알베르틴을 통해 그 어떤 슬픔이나 기쁨도 느끼지 못하게 된다. 알베르틴의 죽음은 '나'가 진실로 접근하는 경로를 폐쇄한다. 알베르틴은 영원히 알 수 없는 존재로 남는다.

'나'의 살갗에 와닿는 구체적이고 생생한 사건인 죽음은 '나'에게 쓰기라는 행위를 촉발시킨다. '나'가 거부하거나 동의할 새도 없이, 어쩌면 그런 것은 '나'가 선택할 수 있는 영역이 아니라는 듯이, '나'는 쓰는 자로서 죽은 자를 소환하기에 이른다. 쓰는 자로 하여금 죽음이 다시 감각되고 재현됨에 따라, 죽음은 시간이라는 관념을 뛰어 넘어 언어화된다. 죽음이 살아 있음으로 현존할 수 있게 될 때, 쓰는 자로서의 '나' 또한 현존의 시간을 통과하게 되는 것이다.

그러므로 쓴다는 것, 견딜 수 없을 때마다 쓰기를 선택한다는 것은, 쓰는 자의 살갗을 뚫고 쓰는 자의 내부로 침입하여 전신을 돌아다니는 무언가를 끄집어내는 일이기도 하다. 쓰는 자의 몸 안팎을 스쳐 지나간 혹은 지나가는 무엇들은 언제나 이름 모를 것들이다. 쓰는 자에게 인상에 지나지 않는 무엇이 진실인지 혹은 거짓인지 판단하는 일은 온전히 쓰는 자의 몫이므로, 쓰는 자는 쓰기에 앞서 자기 자신을 의심하는 일을 우선할 수밖에 없는 것이다. 의심이 거듭될수록 쓰는 행위는 유예되기에 쓰는 자에게 있어 쓰기는 쓰지 않기만큼이나 고통스러운 과정이 된다. 쓰는 자는 자기 자신을 지리멸렬하게 만드는 무엇으로부터 해방될 수 있을 거라는 미약한 가능성에 기댄다. 그러한 통증으로부터 벗어나고자 쓰기를 시도한다. ‘나’가 진정으로 원하는 경지에 도달하기 위하여 쓴다는 것, 그것은 프루스트가 말한 바와 같이 ‘나’의 입장이 허락될 단 하나의 문을 찾아 헤매는 과정 그 자체이다.* ‘나’의 앞에 현현하지 않는 문, 어떠한 현상에 불과할 뿐인 문을.

시간이라는 관념을 언어화하는 일의 가능 여부는 오로지 쓰는 자에게 달려 있다. 이는 쓰는 자인 ‘나’가 지각한 시간을 어떻게 언어로 표현할 것인가의 문제이며, ‘나’에게 누적되어 있는 기억을 어떤 방식으로, 또한 어디서부터 어디까지를 재현할 것인가의 문제이다. 나아가 이러한 작업이 시도되기만 한다면, ‘나’는 ‘나’만의 진실을 획득하기에 이른다. ‘나’조차도

* 마르셀 프루스트, 『잃어버린 시간을 찾아서 13 : 되찾은 시간 2』 (김희영 옮김, 민음사, 2022, 28~29쪽, 부분 변용)

알 수 없는 어떠한 진실을 향해 나아가는 작업, 이것은 '나'에 대해 쓰는 일이자 '나'의 쓰기에 대해 쓰는 일이며, 죽음을 경유한 끝에 '나'를 새로이 보게 되는 일인 것이다. 내 몸에 맞닿는 누군가의 몸이 얼마나 버겁게 느껴지는지를 체험할 때, 내 피부에 닿거나 내가 냄새를 맡거나 내가 원치 않아도 보고 들을 수밖에 없는 것들이 내게 누적될 때, '나'를 향해 열려 있는 문을 마주칠 때, 비로소 쓸 수 있게 된다. 쓰는 '나'는 눈 깜짝할 새에 나를 잃어버리게 될 것이나, 그때에는 잃어버림이 두렵지 않을 것이다.

지금 하고 있어

이것은 살아 있다. 이것이 살아 있다는 게, 이것이 생명력을 가지고 있다는 게 좋다. 이것이 빚어내는 생기와 아름다움에 감탄한다. 이것을 오래오래 매만질 수 있다면…… 이것으로부터 무언가가 탄생할 수도 있을 것만 같다. 듣도 보도 못한 연속성. 무한히 뻗어나가는 삶에 대한 의지. 분절되지 않는 유연함. 자가치유력. 내가 가져본 일 없으며 가지게 될 거라는 희망조차 품어본 적 없는 종류의 무언가들.

그리하여 나는 계속 붙들게 되는 것이다. 이것을 놓을 줄 모르는 사람이 되어버린 것처럼. 한참을 쥐고 있게 되는 것이다. 굽은 손가락을 펼치는 방법에 대해 배운 적 없는 갓난애처럼. 내 손안에 든 이것, 참으로 애틋하구나 하고 한없이 만끽하게 되는 것이다. 나와 이것이 이렇게 맞닿아 있음으로 이것이 나와 결별하지 않으리라 믿고, 나와 이것의 미래가 단

하나의 형태로 도래하게 될 것이라 여기고, 이것에 내가 더해지고 나에게 이것이 합성되는 방식으로 완고함이 생겨날 것이라 상상하고, 내게도 아주 매끄럽고 빼어나고 반질거리는 무언가가 흐르게 될 거라는 마음은

틀렸다. 사실 이것은 이미 죽은 것이기 때문이다. 언제 죽었는지 알 수 없는 것, 시들어 버릴 결말만이 남은 것이기 때문이다. 매일 아침저녁으로 화병에 담긴 물을 깨끗한 물로 갈아준다 해도, 물을 갈아줄 때마다 이것을 정성스레 닦아준다 해도, 각종 영양제를 투여해 준다 해도 이것은 죽어 있다. 이것은 절화다. 이것은 말 그대로 꺾이거나 잘린 꽃이다.

절화는 일반 쓰레기로 분류되며 일단 잘린 이상 절화는 절화로서만 존재할 수 있다. 하지만 나는 오랜 시간, 절화를 만지고 절화를 쥐고 있는 동안에 절화가 살아 있다는 착각을 해왔다.
"꽃 보면 무슨 꽃인지 다 알아봐?"
햇수로 삼 년이나 꽃을 배웠다고 말할 때면, 사람들은 꼭 같은 질문을 건넸다. 꽃을 배우지 않은 시절에 비하면 꽃의 종류나 이름을 제법 알게 되긴 했지만, 그렇다고 내 머릿속에 식물 백과사전이 있는 건

아니었다.

"나도 다는 모르지."

"그럼 뭘 배운 거야?"

꽃을 다 알아보냐는 질문보다 답하기 어려웠던 건 내가 배운 내용에 대해 설명을 하는 일이었다. 사람들은 내가 배운 것이 꽃꽂이인 줄 알 때가 많았다. 플로럴 폼에 꽃을 꽂아 장식하는 것처럼, '(어딘가에) 꽃을 꽂는' 행위가 포함된 경우에는 꽃꽂이가 맞는 표현이겠지만, 대중적으로 알려져 있는 꽃꽂이란 이케바나生け花에 가깝다. 이케바나는 침봉에 꽃을 꽂아 장식하는 기법 가운데 하나로, 꽃의 줄기에서 비롯되는 선을 강조한다는 특징이 있다. 이케바나 수업만 전문적으로 다루는 곳이 있을 정도로 일반적인 플라워 레슨과는 약간 차이가 있다. 보통은 꽃다발을 만들거나, 테이블 가운데에 두는 센터피스의 종류들*이나 꽃으로 공간을 장식하는 법을 배우곤 한다.

물론 꽃에 대해 잘 몰랐던 부분들을 새로이 알게 되기도 했다. 생각보다 향기를 가진 꽃은 그리 많지 않다든가, 드라이플라워가 될 수 있는 꽃의 종류는

---

* 부자재를 플로랄 폼을 사용하는지, 치킨 와이어를 사용하는지, 아니면 아무런 부자재 없이 화병에 꽂는지에 따라 부르는 이름이 달라지기도 한다.

정해져 있다든가, 어떤 꽃은 조금만 더운 곳에 놓이
거나 아주 잠시라도 줄기가 물을 머금고 있지 못하
면 금세 시들어 버린다든가, 줄기 안이 비어 있는 구
근 꽃은 줄기를 꼭 가로로 잘라야 한다든가 하는 것
들. 또 꽃 시장에서의 계절은 한 박자 빠르게 돌아오
는 것이어서, 겨울 꽃은 가을에 가장 쉽게 접할 수
있다는 사실도 배웠다. 이런 정보들을 알게 되는 것
은 생경한 세계에 대한 탐구와 같았으므로 신기하면
서도 재미있게 느껴졌다.

내가 꽃을 배운 곳은 '살구나무 숲'이라는 꽃집이
었다. 취미반으로 시작해서 고급반이 된 것만큼이나
이 시기에는 여러 가지 변화가 있었다. 독립문예지
에 작품 발표를 시작했고, 첫 시집 계약을 했으며, 친
구 두 명의 장례를 치르기도 했다. 시집 출간을 위해
시들을 정리해야 했지만, 매주 플라워 레슨을 들으
러 가는 것 외에는 무엇 하나 제대로 할 수 없을 정
도로 심한 우울증에 시달리고 있는 상태였다.

무사히 첫 시집이 출간되고서 몇 달인가 지났을
무렵이었다. 선생님은 수강생들을 모아 제주도로 워
크숍을 떠날 예정이라고 했고, 수업도 무리해서 듣
고 있던 나는 도저히 참여할 수 있는 형편이 아니었

다. 구태여 말한 적은 없었지만 선생님이 내 사정을 모르지는 않았을 것이다. 그러던 어느 날, 선생님이 갑자기 연락을 해왔다.

"나를 좀 도와줄 수 있을까? 워크숍 하루 전날에 제주에 미리 가서 미리 꽃도 손질해 두고, 빌려둔 장소도 좀 정리하려고. 숙소는 나랑 같이 쓰면 되고, 밥도 나랑 같이 먹으면 되고. 워크숍 참여 비용은 나를 도와주는 걸로 대신하면 어때?" 그러고는 이 말도 덧붙였다. "나는 규현이가 꼭 같이 가면 좋겠는데."

그렇게 나는 제주도에 갈 수 있었다. 에어컨도 선풍기도 없는 창고에서 선생님과 나는 서울에서부터 택배로 날아온 꽃들과 제주도의 화원에서 받은 꽃들을 정리했다. 상한 잎사귀를 떼어내는 방식으로 줄기를 다듬었다. 다음날까지도 꽃이 더위를 견딜 수 있도록 얼음물에 꽃을 꽂아두었다. 일을 마친 뒤에는 선생님과 함께 근처 해변을 산책했다. 숙소로 돌아와선 둘 다 녹초가 된 채로 과일을 나눠 먹었고, 깊은 잠을 잤다.

워크숍 당일에는 다른 사람들과 다 함께 꽃으로 에어컨도 선풍기도 없던 창고를 장식해 보는 시간을 가졌다. 선생님이 현장에 있던 모두에게 장식해야 할 공간을 나누어 설명해 주었다. 혼자 하는 작품이 아니었기 때문에 쪼그려 앉아 꽃을 꽂다가도, 다른 사람들의 작업과 잘 어울리는지 확인하기 위해 틈틈이 멀찍이서 확인해야 했다. 몸을 아주 많이 움직였다는 이야기다. 다른 생각이 끼어들 틈 같은 건 없었다. 그리고 그때 내게 필요했던 건, 그런 시간이었다고 생각한다. 내던져 둔 내 마음을 누군가가 주워다가 먼지를 털어주고 살뜰히 보살펴 주는 시간, 좋은 걸 보면서 그냥 좋다고 만끽해도 충분하다고 일러주는 시간.

언제부턴가 나는 꽃으로 무언가를 하는 시간을 '꽃하는' 시간이라고 말했다. 꽃을 쥐고 있는 순간부터 나 자신을 꽃으로 어떤 행위를 하는 사람이라고 여겼던 것 같다. 가까이에서 꽃을 꽂아 넣다가 멀찍이서 바라보면 꽃 하나하나의 배치, 꽃의 높낮이, 꽃의 흐름을 알아챌 수 있다는 게 즐거웠다. 꽃의 각도를 조금 틀어보거나 꽃을 한 송이 더하거나 빼는 것만으로도 내가 하고 있는 무언가의 분위기가 달라질 수 있다는 것도 흥미로웠다. 이러한 '꽃하기'는 시 쓰기와 닮은 면이 있었다. 시 또한 문장의 시제를 바꾸거나, 문장들의 어미를 서로 달리하거나, 문장의 조사를 생략하거나 하지 않거나 할 때, 처음과 다른 느낌의 시가 되기도 했기 때문이다.

다시는 시를 쓸 수 없을 것만 같던 순간에서 헤어 나올 수 있도록 도운 것은 꽃하기였다. 꽃을 하면서 시에 대한 감각을 되찾을 수 있었다. 시에 대한 질문도 꽃에 대한 질문만큼이나 어렵고 모르는 것투성이지만.

이따금 나는 땀을 뻘뻘 흘리면서도 꽃을 쥐고 내려놓지 않았던 제주도에서의 시간들을 떠올린다. 내가 모른다는 것, 그 모름이 나를 쓰게 한다는 것, 그게 전부라는 것을 떠올린다.

그러므로 이것은 절화이고 또한 시이다. 이것은 살아 있지도, 죽어 있지도 않다. 살아 있다고 여기는 마음이 틀린 것도, 죽어 있다고 여기는 마음이 틀린 것도 아니다. 다만 잊지 않고 싶은 건, 내가 무언가를 지금 계속하고 있다는 사실이다.

도망치기, 달아나기, 벗어나기

사는 일이 따분하고 심드렁해질 때마다 에어비앤비에 들어가 본다. 집 근처에 위치한 숙소부터 이름도 생소한 외국 도시에 위치한 숙소까지 마음 가는 대로 구경해 보는 것이다. 유난히 오래 둘러보게 되는 숙소가 있다면 스크랩도 해둔다. 때론 구체적으로 계획을 세워본다. 예약이 가능한 일자, 연박 할인 여부, 비치된 물품 등을 확인하고 숙소가 있는 도시를 검색한다. 만일 이 숙소에 머물게 된다면 가볼 만한 식당이나 카페가 있는지 찾아보기 위해서다.

하지만 사람들이 블로그에 올려둔 여행 후기들을 읽다 보면 숙소에 대한 생각은 점점 희미해진다. 숙소보다 도시가 중요해지고, 내가 어디에 머무를지보다 내가 어디에 가볼지를 더 신경 쓰게 되는 것이다. 나를 모르고 나도 모르는 사람들이 있는 곳에 가고 싶다는 소망이 점점 자라나서 나를 옭아맨다. 어딘지 알 수 없는 그곳에 가기만 한다면 모든 일이 다 쉬워지고 해결되기라도 할 것처럼.

이런 상상을 하다 말고, 집에서 가까우면서 버스가 많이 다니는 정류장으로 향한다. 아무 버스에 올라탄다. 배낭을 메고 있는 사람이 탑승하면 내린다는 규칙을 정한다. 세 정거장이 지나도록 옆자리에 앉는 사람이 없으면 내리자는 규칙을 만들 때도 있고, 버스가 빨간불 신호를 받고 다섯 차례 연속으로 멈춰 서면 내리자는 규칙을 만들 때도 있다. 물론 이런 규칙들은 거의 지켜지지 않는다. 대부분의 경우 나는 버스에 가만히 앉아 있기를 선택한다. 버스가 가는 곳으로 가기만 하면 된다. 멀리. 아주 멀리 갈 수 있다.

그런데 실제로 버스에 타지 않아도 상상만으로도 버스에 올라탈 수 있다. 버스를 타고 어딘가로 이동하는 상상은 가본 적 없는 도시의 가볼 일 없는 숙소에 머무는 상상보다 어렵지 않다. 버스를 잘못 타는 일은 자주 있고, 차고지에 도착해 버린 적도 적지 않게 경험해 봤기 때문이다. 버스를 타고 떠나는 상상이 지루해지면 멈추면 그만이다.

휴대폰 사진첩을 열어 본다. 처음으로 혼자 여행을 떠났던 2019년 3월, 교토에서 찍었던 사진들을 구경한다. 내가 보고 싶은 것만 보고, 먹고 싶은 것만 먹고, 가고 싶은 곳만 걸었던 닷새간의 시간. 혼자 여행을 하고 있다는 게 이상하고 낯설었던 기억이 난다. 외투 주머니에 두 손을 찔러 넣은 채 골목길들을 걸어 다녔다. 재떨이가 보이면 잠시 멈춰 서서 담배를 피웠다. 흡연이 가능하다는 안내가 적혀 있는 식당이며 카페가 보이면 그곳에서 끼니를 해결했다. 피로해지면 숙소로 돌아갔고, 그렇지 않으면 계속 떠돌았다.

한번은 숙소로 돌아가기 위해 버스를 타려는데, 지도앱을 확인해 보아도 어느 방향으로 가는 버스를 타야 하는지 알 수 없었다. 횡단보도를 두어 번 건너다가 결국에는 버스 정류장에 서 있는 현지인에게 도움을 청했다. 현지인은 지도앱으로 내 숙소가 있는 곳을 확인하더니 조금도 망설이지 않고 검지를 들어 건너편 정류장을 가리켰다. 현지인에게 연신 감사를 표한 뒤, 길 건너의 정류장으로 향했다. 내가 버스를 타기 전까지도 현지인은 처음 내가 도움을 청했던 그 정류장에 서 있었다. 현지인과 눈이 마주쳤을 때, 현지인의 얼굴에 띈 미소를 보았다. 마침내 버스가 도착하고, 버스가 출발하고, 버스가 다음 정거장, 또 그다음 정거장으로 이동했다. 내가 내려야 할 역의 이름을 확인하기 위해 지도앱을 다시 확인했을 때, 버스는 숙소와 조금씩 멀어지고 있었다. 나는 반대 방향으로 가고 있었던 것이다.

사진첩 앱을 종료한다. 예전에 썼던 일기장을 꺼낸다.

11월 27일

미처 다 쓰지 못한 다이어리며 공책과 노트가 잔뜩 있으면서도, 새로 마음먹었다는 걸 어떻게든 내가 내게 상기시켜 주려고, 고집스럽게 새 노트의 포장지를 뜯고 이렇게 뭔가를 적고 있다. 이렇게 쓰는 일기가 얼마나 계속될지 지금의 나는 모른다. 이런 것조차도 지금의 나는 모를 수밖에 없는 것이다.

여기에 적히는 모든 것은 아무런 쓸모가 없어도 좋다. 제발 그러기를 바란다. 아무런, 그 어떠한 쓸모도 없어서, 내가 이 글들을 다시 꺼내 읽으려 들거나 할 필요를 영영 모르기를 바란다. 이 또한 지금의 나는 모를 일이다. 지금 내가 아무것도 몰라서 다행이다. 알았더라면 지금 나는 아무것도 하지 않으려 작정할지도 모른다. 아무것도 알 수 없음이, 내게 남은 마지막 불씨, 섬뜩한 희망의 다른 말일지도 모른다.

6월 13일

고등학생 때를 떠올려 보면 내가 가장 많이 다니던 곳은 낭독회였다. 그 시절 나에게 시인이라는 사람들은 나와 본질적으로 다른 생명체 같았다. 그들의 목소리로 그들의 시를 들을 수 있다는 게 항상 벅찼다. 그런 사람들과 같은 공간에 있을 수 있다는 게, 내가 손을 번쩍 들면 질문할 기회가 주어진다는 게 감격스러웠다. 대부분의 시인들은 교복 입고 있던 나를 귀엽게 또는 안쓰럽게 바라보았다. 그때 그들의 마음을 이제는 알 것 같다. 어느 날은 온라인 서점에서 시인 1의 신간 출간 기념 낭독회 안내 게시물을 보았다. 시인 1의 작품에 대한 나의 개인적인 호오와 관계없이, 그 낭독회에 꼭 가보고 싶었다. 시인 1은 촉망 받는 것을 넘어선, 새로운 시적 경향을 만들어 낸 것으로 알려진, 그야말로 엄청난 시인이었기 때문이다.

친구와 함께 낭독회를 찾았다. 그날도 교복을 입은 건 우리뿐이었다. 그 자리에서 우리 학교에 시 창작 강사로 출강하던 시인 2를 만났다. 시인 2는 우리에게 시인 1을 만나러 왔느냐며, 자기 자신이 얼마나 시인 1과 막역한 사이인지를 은근하게 늘어놓았다. 우리에게는 그들의 사적 친분이 몹시 대단해 보였다. 그 자리에 있는 사람들 중 가장 어린 건 우리인 것 같았다. 생물학적인 나이뿐 아니라 그냥 모든 것에 뒤떨어져 있는 기분이 들었다. 하지만 그런 건 중요하지 않았다. 별세계 사람으로 느껴지는 시인 1에게 시집 서명을 받기만 한다면 다 괜찮았다. 행사가 끝난 뒤, 시인 1이 시집에 내 이름을 적는 동안에 요즘 시 쓰는 일이 너무 어렵게 느껴진다는 고민을 슬쩍 꺼냈다. 시인 1이 서명 작업을 하는 동안이었다. "힘내세요." 시인 1이 그렇게 말해줬다는 게 얼마나 기뻤는지 모르겠다. 다음날 학교 복도에서 마주친 시인 2의 말을 듣기 전까지는 그랬다. "어제 낭독회 뒤풀이 자리에서 시인 1이 너희 정말 병신 같다고 하더라?"

이제 나도 시인이 되었다. 시인이 되고 보니 더욱이 시인 1을 이해할 수 없었다. 하지만 가장 이해할 수 없는 건 나였다. 혹시 내가 시인 1에게 무례하게 굴었던 걸까? 시 쓰기에 대한 고민을 털어놓은 게 건방진 짓이었던 걸까? 스스로를 탓한 지난날의 나, 시에 대한 열망이 지나친 나머지 시인을 너무나 대단한 존재로 여겼던 어린 나를 용서하기가 싫었다. 만일 내가 사랑한 게 오로지 시뿐이었다면, 시인의 낭독 따위 듣고 싶어하지 않았더라면, 어쩌면 그런 말은 듣지 않을 수도 있었을 텐데……

10월 28일

뭘 해도 안 되는 꿈을 갖고 있는 것과 아무런 꿈도 갖고 있지 않은 것 중에 하나를 택하라고 한다면. 10년 전 일기를 뒤적여 보았다. 그때의 나는 미래의 내가 더는 시를 사랑하지 않을까 봐 두려워하고 있었다. 시 쓰고 사는 삶에 대한 열망과 제도권에 의해 인정받고 호명되며 사는 삶에 대한 욕망도 함께였다. 그럼에도 가장 앞서 있던 것은 시를 향한 열렬함이었다. 시로써 나 자신을 구해낼 수 있으리라 믿고 있었다. 타다 남은 촛불 심지를 찍은 사진과 함께 써둔 다짐이 눈에 띄었다. "심지에 촛불의 아귀힘이 남아 있다. 저렇게 물고 늘어지자." 잠들기 전에 베개 밑에 시집을 집어넣고 잠들던 시절, 시를 생각하며 어쩔 줄 모르겠는 마음을 그렇게 견뎌내고 있었던 것이다.

길에서 누군가 나를 빤히 바라보고 있을 때, 어쩌면 그가 미래에서 온 나일지도 모르겠다고 믿었던 적이 있다. 그가 나에게 다가와 나의 미래에 대해 하나씩 일러주기를 원했다. 어쩌면 아무것도 가르쳐 주지 않아도 지금처럼만 하면 된다고 나를 다독여 줄 사람이 필요했던 것 같다. 바라던 대로 시인이 된 지금은 어떨까.

이제 나는 미래의 내가 궁금하지 않다. 과거의 나를 마주하는 일은 어딘가 껄끄럽다.

2월 4일

눈 감았다 뜨면 한 10년쯤 지나 있으면 좋겠다. 10년 전의 나와 지금의 내가 다르듯이 지금의 나와 10년 후의 나도 다를 것이다. 지금 내가 무척 노력하는 것들을 그때도 노력하고 있으면 좋겠다.

1월 10일

신년이 된 지도 벌써 열흘째인데, 내가 한 살을 더 먹었다는 게 멋쩍기만 하다. 열 살이 되었을 때, 외갓집 거실에서 이렇게 외쳤던 날이 선명하다. "저도 이제 십 대라구요!" 양손을 허리춤에 얹고 제법 의기양양하게, 자신만만하게 외쳤던 열 살의 나. 스무 살이 되었을 땐 신년 카운트다운이 끝나자마자 옷을 챙겨 입고 동네 맥줏집으로 달려갔다. 서른 살을 하루 앞두고서는 한과 일몰을 보러 갔다. 너무 추워서 얼른 해가 저물었으면 하는 마음뿐이었다. 서울로 돌아와서는 한이 준비한 딸기 생크림 케이크를 잘라 먹으며 아주 많은 이야기를 나누었는데, 그러는 사이에 신년이 되었다. 다음에는 어떨까. 내가 마흔 살이 될 때는 어떨까. 다음에는 지금을 어떻게 기억하고 있을까.

일기를 덮는다. 일기에는 내가 내게 바라는 게 너무 많다. 다짐이 끝나지 않아서, 사는 동안 다짐만 하는 사람 같아서, 그러니까 외투 주머니에 넣어둔 손을 뺄 때, 손과 함께 사탕 껍질이나 구겨진 영수증이 달려 나올 때조차 버려야 할 것들을 버리지 못하는 사람 같아서, 나는 가까운 곳으로도 먼 곳으로도 떠나지 못한 채 멈춰 서 있는 사람이 된다.

멈춰 서 있는 나에게 다가오는 한 사람을 생각한다.

그는 내가 아는 사람이다. 그에 대해 얼마나 알고 있는지 설명할 길은 없다. 하지만 언젠가 그는 학창 시절에 우유 급식을 정말 싫어했다고 말했다. 그는 우유를 책상 서랍 속에 넣어두거나, 사물함 안에 내버려두거나, 복도 구석 혹은 화장실 변기 옆에 숨겨둔 경험을 들려주었다. 우유가 교실 밖 어딘가에 놓인 날부터 안심할 수 있었다고. 나는 그 이야기를 듣는 동안에 그 우유들을 누가 치웠을지 생각했다. 그는 말하지 않았고 나도 묻지 않았다. 그는 내가 아는 사람이고 대개는 모르는 사람이기 때문이며, 그의 낯익은 얼굴이 돌연 낯설어질 것이기 때문이다.

그는 내가 알고 지낸 모두의 얼굴을 하고 있다. 내가 모르고 스쳐간 모두의 얼굴, 언뜻언뜻 내 얼굴을 하고 있다. 그는 언제나 홀연히 나타나고 홀연히 멀어져 간다. 멀찍이서 나를 돌아보지 않는다. 그의 뒷모습을 지켜보는 일이 아쉽지 않다. 그의 그림자가 참 가늘고 길다고, 끝나지 않는다고 생각할 뿐이다.

그는 멀리 나아간 사람이 아니다. 먼 데서 멈춰 서 있는 사람이다. 멈춰 서 있는 또 다른 나이다. 지금의 내가 따분하고 지루하게 느껴질 때마다 상상해 보게 되는 건 대개 또 다른 나이다.

나는 또 다른 나를 상상할 수 있다. 상상을 중단할 수 있다. 내가 나를 무수히 떠올릴 때, 곱씹어 볼 때, 이런 상태를 우리라고 말해도 좋을까. 우리는 얼마나 같고, 우리는 얼마나 다르고, 우리는 얼마나 알고, 우리는 얼마나 모르는지 궁리해도 될까.

이 글을 쓰는 동안에 나는 어디로도 떠나지 않았다. 상상할 수 있는 게 지나치게 많았기 때문이다.

도모

어떤 장소는 떠올리는 것만으로도 다시 그곳에 있는 것과 같은 신체적인 감각을 불러오곤 한다.* 그런 장소 하나를 골라 소개하라면, 반년 정도 머물렀던 문래동의 공유 작업실을 떠올릴 수 있겠다.

작업실이라는 단어를 붙일 수 있을 만한 장소를 가져보는 건 오랜 로망이기도 했지만, 당시에는 집을 벗어나는 게 목적이었다. 집에서 무언가를 읽고 쓰자니 자꾸만 눕고 싶어졌기 때문이다. 누우면 자고 싶어졌고, 자고 나면 아무것도 하기 싫어졌다.

다른 창작자들과 함께 공간을 나누어 쓰는 공유 작업실은 마포구에 가장 많았는데, 마음에 드는 곳은 집에서 너무 멀었고, 적당히 타협할 수 있는 곳은 사용료가 제법 비쌌다. 며칠간 부동산 관련 글이 올라오는 네이버 카페를 헤맨 끝에, 집에서 걸어갈 수

* 조르주 페렉, 『공간의 종류들』 (김호영 옮김, 문학동네, 2019, 41쪽, 변용)

있을 만한 거리에 위치한 공유 작업실을 발견할 수 있었다.

작업실은 3층짜리 건물의 3층에 위치해 있었는데, 보증금 10만 원에 월세 11만 원을 내면 언제든 찾아가 작업할 수 있었다. 전기 포트, 에어컨, 이인용 소파, 개인 책상과 의자, 냉장고, 전자레인지, 정수기까지 있는 데다가 집에서 도보로 갈 만한 거리에 있다는 점, 이미 입주해 있는 다른 작가들이 또래 여성이라는 점도 마음에 들었다.

그러나 작업실 건물이 지나치게 오래됐다는 단점이 있었다. 건물의 1층에는 공업소가 즐비해 있었고 2층에는 사무실들이, 3층에는 내가 얻은 작업실처럼 다른 분야의 예술가들이 입주한 작업실들이 있었다. 외국인 노동자들이 늦은 오후나 밤에 우르르 들어갔다 나오던 알 수 없는 방도 있었다.

건물은 직사각형 모양의 건축물이었는데, 복도는 두 사람이 나란히 걸을 수 없을 만큼 비좁았다. 2층의 열린 창문 너머로는 건물의 뒤편에 위치한 다른 건물의 슬레이트 지붕이 보였고, 그곳으로 길 고양이들이 드나들곤 했다. 가느다란 복도를 활기차게 뛰어다니는 건 고양이들뿐이었다. 3층은 예술가 지원 사업으로 센서 등을 달 수 있었지만, 2층은 그렇지 않아서 늦은 시간에 2층을 지나가면 아무것도 보이지 않는 기다란 복도만이 놓여 있었다. 여자 화장실은 건물 중앙 계단 2층과 3층 사이에 있었는데, 줄을 잡아당겨서 물을 내리는 수세식 변기 하나가 있었다. 세면대라 할 만한 것은 없었고, 화장실 바로 옆에 수도꼭지만 덜렁 놓인 수돗가가 있었다. 거기서 음식물 쓰레기도 처리할 수 있었는데, 그 때문인지 물을 틀면 바퀴벌레 떼가 모여 있다가 흩어지는 듯한 소리를 들을 수 있었다. 작업실 근처에는 요양 병원과 지구대가 있었기 때문에 하루에도 수차례 구급차와 경찰차의 사이렌 소리를 들었다. 건물 바로 앞에 있는 큰 대로를 오가는 자동차의 경적도, 이따금 고양이들의 하악질 소리도 들려오곤 했다.

이런 단점들이 있었지만, 나와 같이 작업실을 쓰는 두 사람이 문학과는 거리가 먼 작가들이라는 점은 좋았다. 한 사람은 섬유 공예를 하는 사람이었고, 다른 한 사람은 천으로 컵 받침이나 작은 인형을 만드는 사람이었다. 세 사람이 함께 있닌 직은 드물었으나, 가끔 두 사람에게 시를 보여주거나 유튜브로 '투니버스 노동요'를 틀어놓고 함께 작업했던 기억이 있다. 그들이 바느질을 하거나 미싱을 돌리고 천을 자르거나 덧붙이는 동안에 나는 편지를 쓰거나 일기를 썼다. 기운이 남아 있을 때는 시를 쓰거나 읽었지만, 대개는 생각나는 대로 손을 움직여 글씨를 마구 써댔다. 특히 편지를 쓰는 일에 꽤 진심이었는데, 우체국에 가서 우표를 사다가 편지 봉투 겉면에 풀로 붙이고, 작업실 근처 우체통에 넣었다. 답장을 보내주는 친구도, 보내주지 않는 친구도 있었다. 자신에게 편지를 쓰기보다는 나를 돌보는 데 더 많은 시간을 썼으면 좋겠다는 식으로 내 편지를 완곡하게 거절한 친구도 있었다. 하지만 아무래도 다 좋았다. 집에서 작업실까지 걸어가는 게, 철공소를 지나는 게, 철을 가르고 이어 붙일 때 튀어 오르는 불꽃을 본다는 게, 갈 곳이 있다는 게 좋았다. 나에게도 갈 수 있는 곳이 있다는 것만으로도 충분했다.

어린 시절에 좋아했던 애니메이션 주제가들을 들으며 편지를 쓰다 보면, 이 험난한 세상에서 무너지지 않고 버텨낼 용기와 절대적인 사랑과 우정, 그리고 앞으로 펼쳐질 모험의 순간을 상상할 수 있었다. 어린 시절처럼. 아무런 상실도 겪어보지 않았던 그 시절처럼.

과거를 떠올린다는 게 좋은 추억을 회상하고 곱씹어 볼 수 있는 거라면 좋았겠지만, 나는 그러지 못했다. 나는 늘 애니메이션 주인공들의 각별한 우정과 그로 인해 생겨나는 모험담이 부러웠다. 목숨을 바쳐 세상을 구하고, 주인공과 주인공의 친구가 오래도록 함께하는 순간들 같은 것 말이다.

오다 에이치로의 만화『원피스』주인공 루피가 했던 "너 내 동료가 돼라"라는 대사를 알았을 때부터, 내게 동료란 복잡하고도 미묘한 질감을 지닌 단어였다. 만화 속 인물들은 서로를 동료라고 인식한 순간부터 무찌르고자 하는 적 앞에서 목숨을 걸고 함께 싸웠다. 그들에게는 어쩐지 내 목숨과 네 목숨이 구분되지 않는 듯했다. 그들이 쌓아 올린 유대감은 허술한 면이 있는 것 같다가도, 혈연으로 묶인 가족이나 로맨스로 이어진 연인, 우정으로 끈끈한 친구처럼 긴밀하다 여겨지는 모든 관계를 아우르는 듯이 보이기도 했다. 소년 만화니까 당연하고 현실이 아니니까 그럴 수 있었던 거겠지만, 내게 동료는 서로를 충분히 존중하면서도 위하는 사이를 가리키는 말로 이해되었다.

쓰기에 있어서 동료가 있을 수 있다면, 그는 아름다운 응원만 보내는 사람이 아닐 것이다. 나를 이해하고 있기에 건넬 수 있는 혹독한 조언을 마다하지 않는 사람일 것이다.

작업실에서 살아 있는, 혹은 이미 죽고 없는 친구들에게 편지를 쓰는 것 외에도 내게 정해진 패턴은 하나 더 있었다. 매주 월요일 저녁마다 이루어지는 시 모임이었다. 쓰기에 있어서 동료가 무엇인지를 알게 해준 사람들과의 만남이기도 했다. 우리는 매주 화상 회의로 만났다. 각자 신작 시를 낭독하고 이야기를 나누는 게 전부였다. 서로의 속사정 같은 건 주고받지 않았다. 그러나 상대방의 시를 읽고 이야기를 나누는 것만으로도 알아챌 수 있는 것들이 있었다.

처음 모임을 시작하기로 했을 때만 해도 나는 이 모임이 오래 가지 못할 거라고 생각했다. 이전에도 함께 쓰자면서 여러 차례 삼삼오오 모여본 경험이 있었지만, 그리 오래 가지 못했기 때문이었다. 하지만 이 모임은 2021년도 봄에 시작되어, 2023년 가을에는 동인 '도모'라는 이름으로 앤솔로지 『싫음』*을 출간하기도 했다. 첫 시집을 묶을 때에도, 두 번째 시집을 묶을 때에도 내 시를 가장 먼저 들여다봐 준 건 그들이었다. 그들은 언제나 내가 무엇을 쓸 수 있는 사람인지 잊지 않게 도와주었다.

* 김윤리, 나혜, 이새해, 소현, 김나율, 차호지, 구지원 시인과 함께 작업한 앤솔로지 『싫음』은 2023년 가을에 디자인이음에서 출간되었으며, 여세실 시인의 해설이 수록되어 있다.

"꺼지기 직전의 필라멘트 같아요."

항우울제 복용을 중단한 지 2년하고도 반년이 지난 시점에 정신과 상담에서 했던 말이다. 해야 할 일을 차일피일 미루거나 스트레스를 해소하고자 충동적으로 돈을 써버리거나 무리해서 일정을 잡거나 하는 증상은 없었다. 가끔 죽은 친구들 생각을 하거나 죽지는 않았지만 다시는 만날 수 없게 된 친구들 생각을 하기도 했으나, 그게 나 자신을 좀먹는 건 아니었다. 단지 쉬고 싶었다. 한 열흘쯤, 가만히 누워 있는 것만 하고 싶었다. 내가 읽어야 할 것, 써야 할 것, 해야 할 것이 아무것도 없었으면 했다.

의사는 내게 일상에 차질이 있을 정도인지를 물었다. 내 일상은 아주 잘 굴러가고 있었다. 하루에 정해둔 목표치를 말끔히 달성해 냈고, 매일 규칙적으로 일어났고 잠들었다. 끼니를 거르는 일도 많이 줄었다. 그러나 이 모든 일을 해내는 나 자신이 이상하게 느껴졌다. 특히나 친구들에게 먼저 연락하는 일이 피로하게 느껴지고 친구들이 보내온 연락에 답장하는 일이 버겁게 느껴진다는 점이 그랬다. 친구를 만나 시간을 보내고, 그 시간으로부터 기운을 얻는 건 언제나 내게 특효약과도 같은 것이었는데. 어느 순간 친구를 만나기 위해 메시지 하나를 전송하는 것조차 별로 내키지 않았다.

누군가는 다 그렇게들 산다고 말할지도 모른다. 하지만 내게 친구는 조금 다른 의미를 가진 관계다. 두 번째 시집이 출간되고서 도모에 속해 있는 친구들과 만나 소박한 축하 자리를 가졌을 때, '이번 시집에 수록된 시들을 쓰면서 떠올린 친구들은 이 시집을 읽을 수 없겠구나'라는 생각이 스치자마자 카페 테이블에 엎드려 울어버렸을 때, 내게 티슈를 챙겨 준 친구가 있었다. 물을 떠다 주고 흐느껴 우는 내 등을 토닥여 주는 친구가 있었다. 계속 살아가기를 선택한 내 곁에서 나를 지탱해 주던 친구들이 있었다. 친구들은 늘 저마다의 방식으로 나를 돕는 데 거리낌이 없었다. 그런 친구들과의 대화조차 어떤 일처럼 느껴지다니. 내가 조금씩 고장 나고 있는 것 같다고 생각할 수밖에 없었다. 누군가와 만나기 위해 잡은 약속 자리에 나가기 싫었고, 약속이 취소되었으면 싶었다. 모든 게 다 귀찮았다.

이런 시기에 오랜만에 혜를 만났다. 혜는 나를 알게 된 지 얼마 안 되었을 무렵, 내게 생긴 부당한 일

에 자기 일처럼 화내며 울어준 친구였다. 그 무렵부
터 지금까지 우리 각자에게는 많은 일이 있었다. 자
주 얼굴을 보지도 못하고, 자주 연락을 하지도 않지
만, 혜에게 최근에 했던 고민이나 생각을 두서없이
늘어놓으면 마음이 편했다. 가끔씩 "나도, 나도" 하면
서 혜가 맞장구를 쳐줄 때는 괜히 기분이 좋았다. 혜
를 만났기 때문에 마음이 편해진 것인지, 아니면 사
실 나는 여전히 친구를 만나야 기운을 얻을 수 있는
사람인 것인지 혼란스러웠다. 요새 나는 사람을 만
나는 것도, 연락을 하는 것도 귀찮다고 혜에게 슬그
머니 말했는데, 혜가 화들짝 놀라며 말했다.

"너도 그런 생각을 해?"

*

산다는 상태를 유지하기 위해 부단히 애를 쓰던
시기가 있었다. 늦은 시간까지 작업실에 덩그러니
남아 있을 때면 자살예방센터에 전화를 걸기도 했
다. 내 전화를 받은 상담원의 목소리는 다정한 듯 매
정하게 들렸다. 어떤 상담원은 내게 자살 유가족 모
임에 참여해 보는 것이 어떻겠느냐는 말을 했고, 나
는 가족이 아닌 친구도 그런 모임에 참석해도 괜찮

으냐고 물었다. 어떤 상담원은 구체적으로 내 상태를 확인하려는 질문을 끊임없이 건넸다. 내가 얼마나 고립되어 있는지, 얼마나 죽음에 가까운 생각을 하고 있는지에 대해 파악하려는 그의 질문에 답하면서 내 슬픔을 증명해야만 한다는 사실에 괴로웠다. 여러 상담원들이 내 전화를 받았지만 그게 전부였다. 나는 누군가에게 무엇인가를 자꾸 확인받고 싶었다. 내가 누군가에게 말을 건넬 수 있다는 것을, 그가 내게 답해올 수 있다는 것을 말이다. 손목에 저릿한 통증이 밀려들 때까지 편지 쓰기를 멈출 수 없던 이유도 여기에 있었다.

하지만 내가 그런 시기를 견뎌낸 것과 같이 나를 견뎌내 준 사람들 또한 내 곁에 남아 있었다. 아침에 내가 죽었다는 연락을 받게 될까 봐 매일 두 손을 맞잡은 채 잠들었다던 사람이 있었고, 내가 친구들 이야기를 하다가 갑자기 눈물을 쏟아도 침착하게 기다려 주던 사람이 있었으며, 내가 잘 자고 잘 먹고 있는지를 계속 물어오던 사람이 있었다. 계속해서 살아가기를 선택한 내 곁에서 나를 기다려 주던 사람들. 내게도 돌아갈 곳이라는 게, 무언가를 도모할 수 있는 마음이라는 게 있었다.

언젠가 반 박자 늦게 켜지는 센서 등을 우연히 마주쳤을 때, 문래동 작업실 생각을 한 적 있다. 문래동 작업실 생각이 나면 친구들을 떠올리며 쓴 시를 읽으며 울던 내 생각이 났고, 그런 내 생각을 하면 모니터 너머에서 침묵으로 나를 배려하던 '도모' 생각이 났다. '도모' 생각을 하면 또다시 죽은 친구들 생각이 났다.

침잠하는 상태의 내가 머물렀던 장소들을 떠올리면, 어떻게 죽을지 궁리하던 내가 여전히 그 장소에 머물고 있는 것만 같다. 그뿐이다. 이제 나는 내가 계속해서 쓸 수 있는 사람이라는 사실만을 기억한다. 동료들이 내게 해줬던 말을 기억하려 한다. 그들이 해준 말에 따르면, 나는 세상을 냉정하게 바라보면서도 동시에 애정을 전부 내다 버리지 않는 사람이다. 또한, 내가 나를 믿고 있다는 사실을 믿는 사람이다. 이 말들을 곱씹는다. 잊지 않는다.

언니들

유년 시절부터 옆집에 살던 언니가 있었다. 나보다 두 살 많은 언니는 뭐든 쉽게 포기하고 간단히 질려하는 나와 달리 끈기와 인내가 대단했다.

인라인스케이트 타는 법, 줄넘기하는 법, 친구 사귀는 법을 가르쳐 준 것만 봐도 그렇다. 언니는 벌벌 떨며 한 발짝도 못 움직이겠다는 내 손을 잡아끌며 중심 잡는 요령을 며칠이고 일러주었다. 내가 계속 줄을 밟는 바람에 한 바퀴도 줄을 넘지 못해 울어젖혀도, 정확한 타이밍을 맞출 수 있게 도와줬다. 놀이터에서 만난 애들 사이에서 겉돌면 슬그머니 어울릴 수 있게 만들어 주었다. 그렇게 언니는 나를 돌봤다. 나에게 우정이 무엇인지를 가르쳐 줬다.

중학생 때, 학교에서 성교육 시간이 있던 날이었다. 여학생은 교실에 남았고 남학생은 교실 바깥으로 내보내졌다. 성교육을 맡은 보건 교사는 남학생들이 나가자마자 교실의 불을 껐다. 그러고는 여학생들에게 두 손을 머리 위로 올린 다음 눈을 감으라고 지시했다.

교실은 곧장 고요해졌다. 보건 교사가 책상과 책상 사이를 걸어 다니는 소리만 들렸다. 내 책상 근처에서 발소리가 멎은 것 같다는 생각이 든 순간이었다. 보건 교사가 회초리로 내 정강이를 때렸다. 소스라치게 놀란 나머지 눈을 번쩍 뜨고 보건 교사를 올려다보았다. 그는 잔뜩 구겨진 얼굴로 이렇게 말했다.

"다리 벌리고 앉지 마라."

나는 수치스러웠다. 그날 내내 보건 교사의 말이 귓가에 맴돌았다. 정강이에 닿은 회초리의 감촉이 무한 반복되었다. 그 일을 아무에게도 말해서는 안 될 것 같았다. 가족들과 밥을 먹다가도, 교복 치마를 입고 벗다가도, 버스를 타고 지하철을 타다가도, 내 정강이에 닿았던 회초리가 느껴졌다. 가늘게. 뻣뻣하게. 나를 따끔거리게 했다.

최대한 아무렇지도 않은 척하려 애쓰면서 나는 언니에게 보건 교사가 했던 말을 꺼냈다. 시선은 대여점에서 빌린 만화책에 둔 채로. 언니는 항상 침착한 사람이었지만, 내 말을 듣고는 한참동안 화를 냈다.

“너는 잘못한 거 하나도 없어.”

언니는 몇 차례나 말해주었지만, 잘못한 게 없는데 왜 그런 일이 생겼는지 이해할 수 없었다.

이따금 언니는 내게 뜻 모를 질문을 던지는 사람이기도 했다.

“왜 체육 시간에 여자애들만 서로 죽이는 공놀이를 해야 할까?”

“왜 버스나 지하철에서는 휠체어 탄 사람들이 안 보일까?”

“왜 고기를 먹지 않으면 이상하게 볼까?”

“왜 쉽게 사고 쉽게 버려서 쓰레기를 만들까?”

나는 언니의 질문에 또렷하게 답하고 싶었다. 그건 너무 어려운 일이었다. 아무리 애써도 말로는 정리할 수가 없었다. 그걸 글로 써보라고 조언해 준 사람은 언니였다. 빈 문서 앞에서도 난감함은 가시지 않았다.

어느 날 언니는 끙끙거리는 나를 서울역으로 데려갔다. ‘문화역서울284’에서 심보선 시인과 김소연 시인이 진행하는 문학 워크숍이 있다고 했다. 두 시인은 참석한 사람들에게 USB로 어떤 프로그램 파일을 공유해 주었다. 단어를 입력하면 커서를 이용해 단어를 이리저리 옮겨볼 수 있도록 만들어진 프로그램이었다.

"문학 도서든 비문학 도서든, 그곳에 숨은 단어를 무작위로 추출해 보세요. 프로그램에 단어를 입력하고 입력된 단어들을 재배치하는 거지요. 그렇게 한 편의 시를 완성해 보는 게 오늘의 목표입니다."

워크숍 말미에는 자기가 쓴 시를 낭독하는 순서가 마련되어 있었다. 내가 써낸 것은 시라고 여길 수 있을 만한 구석이라곤 조금도 없는 글이었고 언니가 쓴 것은 가뿐하면서도 경쾌한, 틀림없는 시였다.

워크숍이 끝나고는 만리동부터 후암동까지 걸었다. 제철 재료로 만든 음식들을 먹었고, 이름만 아는 나라의 원두로 내린 커피를 마셨다. 유명하다는 제과점에서 식빵과 딸기 콩포트 잼도 샀다. 계산대 앞에서 언니는 지갑을 꺼내는 내 팔을 붙들었다.

"내가 언니잖아."

우리는 외투 주머니에 두 손을 찔러 넣고 완만한 길과 가파른 길과 굽은 길과 좁다란 길을 돌아다녔다. 결눈질로 쳐다본 언니의 얼굴은 나보다 굽길을 더 살아본 사람의 것처럼 보였다. 그렇게 언니의 돌봄을 받으며 나는 찔끔찔끔 성장했다.

우리는 계속해서 서로의 옆집에 사는 이웃이었다.

푸념하고 싶은 일이 생기거나 양껏 축하해 주고 싶은 일이 생기거나 유난히 의기소침해지는 일이 생길 때마다 언제든 만날 수 있는 사이로 지냈다. 가끔 다 털어버리고 싶어지면 우리는 근린공원에 가서 술래잡기를 하고, 부러 허름한 식당들을 찾아다녔다.

틈틈이 시도 썼다. 간선 버스 맨 뒷자리에 나란히 앉아 있을 때, 언니가 입 벌린 채 곤히 잘 때, 나는 손바닥만 한 수첩을 펼쳤다. 미술관에서 벽에 프린트 된 큐레이션을 꼼꼼히 읽어가며 작품을 관람하는 언니를 기다릴 때도, 인기 좋은 가게에 들어가려 대기 명단에 이름을 써넣고 그 앞을 서성일 때도, 나는 무언가 썼다.

나는 점차 더 많은 사람에게 내 시를 보여주고 싶어졌다. 일면식도 없는 사람들이 내 시를 읽고 무슨 생각을 하는지, 무엇을 느끼는지 궁금했다. 그들이 쓴 시를 읽고 싶은 마음도 들었다. 이미 시집으로 출간되거나 지면에 발표된 작품이 아니라 갓 구운 빵처럼 따뜻하고 생생한 시들이 있다면, 그걸 읽어볼 수 있다면 참 좋겠다고.

그렇게 듣게 된 시 창작 수업에서 나는 약간 난감한 과제를 받았다.

"시에서 한 번도 본 적 없는 단어를 찾아서, 그 단

어로 시를 써보세요."

열심히 머리를 굴렸지만 시에 쓰이지 않은 단어란 게 있는지 도통 알 수가 없었다. 웬만해선 한 번쯤은 다 시에 쓰였을 것 같았다. 난관에 빠진 나는 언니에게 그런 게 진짜 있을지 모르겠다고 하소연했다. 언니도 덩달아 끙끙거리는가 싶더니, 단어 하나를 내뱉었다.

"월경컵?"

과제를 받았던 2017년에는 월경대에서 유해 물질이 검출되었다는 보도로 소란스러웠다. 언니와 내가 프랑스 쇼핑몰에서 주문한 월경컵이 화물선을 타고 오는 중이었다.

월경컵 외에는 다른 단어가 떠오르지 않았다. 시에 월경컵이라는 단어를 썼다. 그리고 그 순간 놀라운 일이 일어났다. 하던 대로 시를 쓴 것 같았는데 시를 완성하고 나니 내가 어떤 시를 쓰고 싶은 사람이었는지 알게 된 기분이 들었다. 산속에 틀어박혀 긴 시간 정신을 수양한 사람이 번뜩 깨날음을 인게 된 이야기가 이해될 정도였다. 이후에는 시 쓰기의 자유로움을 느꼈다. 시를 쓰는 행위가 나를 해방시켰다. 그렇게 쓴 시들을 읽은 언니는 내가 쓰고자 하는 시를 열렬히 응원했다.

"네가 하고 싶던 이야기가 이거였다는 생각이 들어."

이후로 나는 교내에서 일어난 성폭력 사건을 규탄하고자 대자보를 써 붙이고, 페미니즘 학회를 만들고, 낙태죄 폐지 집회에 찾아가고, 퀴어 축제에서 퍼레이드를 해보고, 한국여성의전화에서 진행한 활동가 아카데미를 수료하고, 여성의 날 행진 때 크게 소리쳐 보고, 분노하고, 직면한 공포를 더 사납게 바라보았다. 그때도 언니는 내내 옆집에서 이웃이자 친구이자 동료이자 가족이 되어주었다.

현장에서 감각하게 되는 목소리들은 내가 의식하지 않아도 나의 시로써 발화되었다. 어떤 이들은 나의 시를 읽고서 나의 전범으로 여러 여성 시인의 이름을 나열했다. 내가 참고해 보면 좋겠다는 격려였다. 무엇을 쓰고 싶은지 알게 되었을 때, 나 역시 이미 그들의 시부터 꼼꼼하게 들여다보았다. 하지만 읽으면 읽을수록 어딘가 다르다는 생각이 들었다. 여성 시인으로서 시를 쓴다는 지점 외에는 꼭 들어맞는 공통 감각이 느껴지지 않았다. 절실할 정도로 나는 내가 참고할 만한 시인을 찾아 헤맸다. 내가 가고자 하는 길을 이미 걸어본 사람을.

그런 내게 언니는 시집 한 권을 선물해 주었다. 에

이드리언 리치라는 외국 여성 시인의 것이었다. 국적도 다르고 인종도 다르고, 심지어 동시대 시인이라고 여기기에도 어려운 시인이어서 별다른 기대 없이 책을 펼쳤다. 예상과 달리, 리치의 시는 수상스러울 정도로 나를 잘 아는 사람이 쓴 것 같았다. 리치의 시에는 내가 얻고자 하는 용감함이 들어 있었다. 무력감에 빠져 무너져 내린 내 마음 한구석을 일으켜 세우고, 먼지를 탈탈 털어주고, 어떻게 뚜벅뚜벅 나아가면 좋을지 방향을 알려주는 시들. 언니 같은 시들. 언니의 목소리를 하고 있는 시들. 내가 있는 곳 가장 가까이에 머물면서 나를 돌보고 이끌어 주는 언니, 내가 길을 잃고 방황하면 내 양어깨를 붙들고서 단호해지는 언니, 내가 희미하게 치워둔 질문을 끄집어내어 선명할 수 있도록 돕는 언니, 무수한 언니 같은 시들.

지금 이 시간, 언니는 무얼 하고 있을까.

가끔씩 떠오르는 질문이 있다. 내 옆집에는 언니가 정말로 있었을까. 내가 고통스러워할 때 나를 다독여 준 언니가 정말로 있었던 게 맞을까. 언니가 있었다고 생각하면 정말로 있던 것이고, 없었다고 생각하면 정말로 없던 것은 아닐까. 내게 언니가 아주

없었다고 할 수 있을까. 언니는 한 명이 아니었을 뿐
이다. 언니는 내 삶의 궤적 곳곳에 놓여 있던 사람
들의 일면으로 홀연히 나타났다 사라진 사람이었다.
때로는 과거의 내가 바라던 미래의 나이기도 했다.
내가 흔들릴 때마다, 나의 내면 어딘가에서 오래도
록 살고 있는 언니의 목소리로 읽게 되는 시가 있다.

우린, 난, 넌

소심해서 혹은 용감해서

여기에 다시 돌아오는 길을

찾는 사람이다,

칼 한 자루, 카메라 한 대,

우리의 이름이 적혀 있지 않은

신화에 대한 책 한 권을 가지고.*

　　나는 혼자가 아니라는 사실과 함께 나의 목소리
가 다성적이라는 감각, 나의 시선이 협소하지 않되
예리할 수 있다는 자신, 내가 난파되어서 침잠한다
해도 그런 나를 탐사하러 올 내가 있으리란 기대, 나
의 소심함과 용감함이 공존해도 괜찮다는 응원을,

* 에이드리언 리치, 『문턱 너머 저편』 (한지희 옮김, 문학과지성사, 2011, 「난파선 속으로 잠수하기」 부분)

시로써 얻게 된다. 이때의 모든 나는 '우리'로, '너'로, '언니'로 바꿔 읽을 수 있다. 더듬거리면서 찾아 헤맨 것*을 마주한 순간의 기쁨을 잊지 않을 수 있다.

* 에이드리언 리치, 『우리 죽은 자들이 깨어날 때』 (이주혜 옮김, 바다출판사, 2020, 388쪽, 변용)

친구들에 대해 생각한다. 생각을 하다 보니 내가 친구들 생각을 너무 많이 한다는 생각이 든다. 이렇게까지 계속 친구들 생각만 하려던 건 아니었다. 처음에는 간단한 안부 인사를 건네고 싶은 정도였다. 요즘 어떻게 지내? 하지만 어떤 친구는 내가 보낸 메시지에 답장을 보내는 일이 숙제처럼 느껴질지도 모른다. 그런 부담은 주고 싶지 않다. 어떤 친구는 내가 무슨 도움을 청하려고 안부 메시지를 보냈다고 짐작할 수도 있다. 어떤 친구는 내가 보낸 메시지를 받은 순간, 하기 싫은 업무에 시달리고 있거나 무료한 시간을 보내고 있는 중일 수도 있다. 어떤 친구는 영영 내 메시지를 읽지 못할 수도 있다. 어떤 친구는 내 메시지가 당혹스러울 수도 있다. 어떤 친구는 나를 친구라고 생각하지 않았을 수도 있다.

친구들에 대해 생각한다. 내가 생각할 수 있는 친구들이 참 많다는 생각이 든다. 생각을 멈출 수가 없다. 친구들이 내 머릿속에 나타났다 사라지고 다시 나타나기를 반복한다. 친구들은 다 모르는 사람 같다. 다 아는 사람 같다. 모르지도 않고 그렇다고 아는 것도 아닌 사람 같다. 그런 내가 그들을 친구라고 생각해도 괜찮은 것일까. 내가 내 친구들, 하고 생각할 때 친구들은 어떤 생각을 하고 있을까. 친구들 생각을 하다가 친구들이 생각하는 나에 대해 생각한다. 내가 내 생각을 너무 많이 하고 있다는 생각이 들 때, 나는 글을 썼다. 글에서 나는 가끔만 나였다. 친구들은 가끔만 나의 친구들이었다. 가끔만 생각할 수 있었다. 내가 무슨 생각을 하고 있는지 가끔만 들켰다.

인다의 집

"처음 받은 꽃다발이 이별의 꽃다발이라니."

영화 〈센과 치히로의 행방불명〉의 주인공 치히로의 대사다. 도입부에서 치히로는 어른들의 사정으로 정든 곳을 떠나 새로운 환경에 적응해야만 한다는 것을 영 마음에 들어 하지 않는 어린이로 등장한다. 이사 온 동네의 이런저런 점들을 살펴보는 부모님과 달리, 자동차 뒷좌석에 구겨 앉은 치히로는 잔뜩 인상을 쓴다. 전학 가야 할 학교 근처를 지나칠 때는 창문 밖에 대고 혀를 비죽 내밀고, 친구들이 선물해 준 꽃다발이 시들어 버린 걸 알아채고서는 툴툴거린다. 네가 계속 안고 있어서 그런 거라고 치히로의 엄마는 대수롭지 않게 대꾸하면서 물에 담가두면 금세 괜찮아질 거라는 말을 덧붙인다. 하지만 치히로에게는 소용없는 일이다. '치히로, 건강하게 지내. 또 만나자.' 친구들이 써준 카드에 적힌 말도 치히로의 기분을 나아지게 해주지 못한다. 치히로는 그들과 또 다시 만나 예전처럼 놀 수 있기란 쉽지 않을 것임을, 차츰 멀어져 버릴 사이라는 것을 알고 있었는지도 모른다.

이사나 전학 경험도 없던 어린 시절에는 이별을 겪은 치히로를 부러워하기도 했다. 나는 같은 동네에서 꼬박 23년을 살았다. 이건 내가 언제나 떠나는 사람이 아니라 남겨진 사람이었다는 이야기다. 친구들을 남겨둔 채 떠난 치히로의 입장을 경험해 보고 싶었다. 나에게도 어떠한 사건이 일어나기를 기다렸다. 난데없이 기묘하고 신비로운 세계에 도착하는 것이나, 정체불명의 사건들을 겪는 걸 원한 게 아니라, 이별의 꽃다발이 생애 처음으로 받아본 꽃다발이 되는 정도의 사건을 바랐다.

*

대학에 입학하기 직전, 신입생들을 내상으로 1박 2일 동안 이루어지는 학과 오리엔테이션에 갔을 때였다. 학과에 관한 대략적인 설명과 학과 내에서 자체적으로 운영하고 있는 동아리들에 대한 소개가 이어졌다. 저녁이 되자 자연스레 술자리가 시작되었다.

알코올이 들어가기만 하면 온몸이 새빨개지는 탓에, 나는 취하지도 않았는데 학과 사람들의 손에 떠밀려 술자리에서 제일 먼저 빠져나올 수 있었다. 왁자지껄한 분위기를 견디기 어려워하는 성격이기도 했으므로 아쉽거나 서운한 마음은 전혀 없었다. 그런데 나와 같은 신입생 한 명이 숙소로 향하는 나를 뒤따라 나오는 것이었다. 자기도 좀 취한 것 같다고. 그렇게 우리는 우리 둘밖에 없는 숙소에서 금세 곯아떨어졌다.

정신을 차리고 보니 나는 학교에서 언제나 그 애와 함께였다. 학교 근처에 새로 생긴 카페가 있다고 하면 수업을 마치자마자 그곳에 같이 갔다. 점심을 같이 먹었고 아이스크림과 크림이 듬뿍 들어간 와플을 같이 사 먹었다. 그 애는 내가 쓴 시를 읽어줬다. 이따금 시집을 읽다가 그 애가 좋아할 만한 시를 보게 되면 사진을 찍어 보냈다. 직접 낭독해서 녹음 파일을 보내주기도 했다. 어느 순간부터는 주말에도 만났다. 그 애의 자취방에 놀러 가서 한참을 떠든 적도 많았다. 그 애가 말하길, 사실 자기는 술을 아주 좋아한다고 했다. 술자리도 싫어하지 않는다고. 그러니까 오리엔테이션 날에 일찌감치 술자리를 떠나온 나를 따라온 건 술에 취해서도 술자리를 싫어해서도 아니라는 것이었다.

"너랑 친해지고 싶어서 그랬지."

이 말을 듣기 전까지만 해도 나는 그 애가 내 삶에 자연스레 스며든 줄로만 알고 있었다. 그런데 사실은 노력으로 이루어진 관계였다는 게 놀라웠고 기뻤다.

그 애의 자취방을 떠올리면 여전히 생생하게 그려지는 것들이 있다. 우리 두 사람이 함께 서 있을 수 없을 정도로 작은 현관과 미닫이문이 달려 있던 화장실, 내가 쓰던 것과 똑같은 간이 화장대 같은 것들 말이다.

그 애의 자취방에는 인다의 집도 있었다. 그 애는 인다라는 이름을 가진 반려조와 살았는데, 그 애의 집에 놀러 가면 새장을 볼 수 있었다. 인다는 노란색과 연두빛의 깃털을 가진 잉꼬였고, 그 애는 인다를 사랑했다. 인다를 향한 그 애의 눈빛을 보면서 그 애가 지니고 있는 사랑이 무엇인지를 알아챘다. 일기를 쓸 때 나는 그 애를 인다로 바꿔 쓰기도 했고, 그 애에게 편지를 쓸 때에도 그 애의 이름이 아닌 인다의 이름을 빌리기도 했다. 그 애를 인다라고 부르는 것은 우리만의 비유가 되었다.

그러나 이제 인다는 없다.

인다의 부고가 적힌 문자를 받았던 순간이 아직도 또렷하다. 자정에 가까운 시간이었다. 장례식장 주소와 발인 일시 그리고 인다의 이름이 나란히 적힌 메시지를 받았다. 당황스러웠다. 아주 뜨겁게 데워진 접시가 양손에 들린 기분이었다. 그 접시를 받아 쥘 수도 놓칠 수도 없는 괴로운 심정이었다. 눈물도 안 나왔다. 허겁지겁 옷을 챙겨 입고 장례식장에 도착했을 때, 영정 사진이 있어야 할 자리에서 인다의 얼굴을 보았을 때, 발가락 끝에서부터 정수리까지 피가 솟구치는 것만 같았다.

사흘간 장례식장 구석에 앉아서 상조 직원들이 차려주는 밥으로 매 끼니를 해결했다. 쌀 한 톨 남기지 않고 씹어 삼켰다. 밥을 먹어 생긴 힘은 우는 일에 쏟아부었다. 입관식을 하러 가던 인다의 가족들이 나를 챙겨준 덕분에 인다의 마지막을 지켜볼 수 있었다. 인다는 내가 인다를 알고 지낸 나날 가운데 가장 평온한 얼굴을 하고 있었다. 인다의 뺨은 찼다. 춥지 마. 잘 가. 그런 말들을 했다. 인다의 손과 팔다리를 주물렀다. 인다는 기어이 떠났다. 가야 할 곳에 갈 수 있는 모든 준비를 다 마친 사람이 되어서.

*

인다를 떠나보낸 뒤 내가 가장 성실하게 임했던 것은 플라워 레슨을 수강하는 일이었다. 플로랄 폼을 사용한 센터피스부터 침봉에 꽃을 꽂아 넣는 침봉꽂이나 꽃다발 만들기, 다른 사람들과 힘을 합쳐 아치를 장식하거나 공간을 꾸미는 것까지. 꽃으로 다양한 작품들을 만들어 내는 법을 배웠다. 꽃을 손에 쥐고 있는 동안에는 인다에 대한 생각을 덜할 수 있어서 좋았다. 꽃은 시와 무관했고, 그렇기에 인다에게 시를 보여주던 시간이나 시를 읽어주던 시간을 잠시 내려놓을 수 있었다. 그렇게 열심이었던 내가 가장 어려워하던 게 있었는데, 바로 버드케이지였다. 꽃으로 새장을 장식하는 종류의 작품을 뜻하는데, 내 손으로 텅 비어 있는 새장을 꾸미는 일은 도저히 해낼 수가 없었다.

인다가 떠나고서 몇 년이 지나, 내가 오랫동안 플라워 레슨을 수강했던 곳에서 학예회를 진행한다는 이야기를 들었다. 나처럼 꽃을 배운 기간이 긴 수강생끼리 공간을 대여해서 각자의 작품과 모두가 함께 만든 작품을 전시한다고 했다. 전시의 주제는 탈피였다. 꽃을 하면서 가장 힘겨워하던 것을 뛰어넘어 보자는 데 의의가 있었다.

학예회는 서촌의 한 카페에서 이틀간 이루어졌다. 내 친구들을 포함해, 수강생들의 지인과 카페의 일반 손님들이 뒤섞여 카페는 이틀 내내 북적였다.

전시 마지막 날, 찾아와 준 친구들과 밥을 먹고 집으로 돌아가는 길이었다. 정말 좋았다, 진짜 좋았다, 친구들도 잔뜩 만나고 행복했다. 그런 생각을 하면서. 그 생각의 끝에는 나를 보러 환하게 웃으며 걸어 들어오는 인다가 있었다. "네가 한 거야?" 물으며 씨익 입꼬리 끝을 올리는 인다. "대단하다, 박규현!" 언젠가 그랬듯이 엄지를 치켜올리는 인다.

인다가 녹화된 영상들을 보지 않으면 견딜 수 없던 시기가 있었다. 휴대폰 액정 속에서 살아 움직이는 인다의 몸짓과 인다의 목소리를 보고 싶었고 듣고 싶었다. 인다가 돌아오기를 기다렸던 것도 같다.

여전히 인다가 내 곁에 있다면, 어떤 영화나 노래는 특별한 의미를 갖지 못했을지도 모른다. 내가 쓴 시 가운데 쓰이지 않았을 시들도 있었을 것이다. 하지만 이런 가정은 무의미하다.

이제 인다는 없다. 인다의 생일이 되면, 세상에 없는 인다를 향해 고요한 축하를 보내고, 영영 어린 얼굴로 남아 있을 인다를 떠올린다.

*

잘 지내고 있니? 거기 날씨는 어때? 새로이 만나게 된 사람들과는 조금 친해졌니? 여긴 꽤 추웠다가 지금은 많이 따뜻해졌어. 올겨울에는 눈이 참 많이 왔어. 폭설이 이어졌지. 네가 있었다면 참 좋아했을 텐데 아쉽더라. 그래도 거기서는 쌓인 눈보다 훨씬 더 아름답고 멋진 걸 보고 있기를 바라.

처음에는 네가 떠났다는 사실이 믿기지 않고 속상하기만 했어. 이제는 아니야. 나는 네 선택을 용기라고, 씩씩함이라고 생각하기로 했어. 나는 아직 가본 적 없고 가볼 수 없는 곳으로, 네가 나보다 먼저 나아간 거라고. 네게 따로 부치지는 않았지만, 네가 떠난 뒤로 네게 정말 많은 편지를 썼어. 거의 매일 쓴 것 같아. 진작 편지를 써줄걸. 너를 생각하며 쓴 시들을 보내줄걸. 그랬다면 너는 줄곧 간직해 줬을 텐데.

오늘은 내가 받은 편지들을 모아두는 상자를 정리했어. 혹시나 네가 썼던 편지가 있을까 봐. 한 통의 편지를 찾았어. 내 생일을 축하한다는 내용이었지. 그 편지를 쓰던 너는 스물한 살이었어. 스물한 살의 너는 곧 3학년이 될 우리의 미래를 걱정하면서 우리가 함께 보낸 스무 살의 캠퍼스를 그리워하고 있더라. 그때 네게 답장하지 못해서 미안해. 스무 살 때처럼 내내 붙어 있지 못한 것도 사과할게. 나랑 칵테일바에 가보고 싶다고 적혀 있었는데 좀 더 자주, 많이 가지 못한 게 마음에 걸려. 이렇게 내 잘못을 줄줄 읊으면 너는 내 어깨를 툭툭 치며 웃으면서 괜찮다고 말할 것 같아. 언젠가 만나면 그렇게 해줄 수 있어?

나 혼자 나이를 먹을 수는 없으니까 네 스물여섯 살 생일을 미리 축하할게. 태어나 줘서 고마웠어. 나와 친구가 되어줘서, 나와 귀한 인연이 되어줘서 고맙고 또 고마웠어. 마지막으로 아주 사랑해. 영원히, 영원히 행복하게 지내기를 바라.

인다가 떠나고 얼마 되지 않아서 인다에게 썼던 편지를 발견했다. 이후로는 대학 교정을 산책하다 자주 머뭇거리는 자신을 알아챘다. 인다를 닮은 사람이 지나가는 것만 같은 순간마다 그랬다. 이런 나를 매섭게 몰아세운 적도 있었지만, 이제 나는 스스로에게 정신 차리라며 다그치지 않는다. 내 곁으로 슬그머니 다가온 인다가 내 어깨를 잠시 두드리고 있다는 착각이 들더라도 마찬가지다. 어떤 수를 써도 정리할 수 없는 형태의 마음을 내버려둘 뿐이다. 다만 웃어 보이려고 노력한다. 잠깐의 시간이 흐른 뒤 내가 가게 될 곳에 가려고. 걸음을 옮겨본다. 한 걸음, 두 걸음. 차마 다 적을 수 없는 무수한 걸음들을.

기념하는 사람

매일이 생일이면 좋겠다. 그럼 나는 매일 태어나고 매일 새 마음을 가지고 새 사람으로 살 텐데. 모두 내가 태어났다는 사실에만 감동해 거리낌없는 축하를 보내줄 텐데. 기꺼이 그 호의를 누릴 텐데.

현관문을 열자, 현관 바닥에 들어찬 신발들이 눈에 띈다. 어떤 신발은 뒤축이 닳아 있고, 어떤 신발은 끈을 풀어둔 채 돌아다녔는지 너덜너덜하고, 어떤 신발은 앞코에 얼룩이 묻어 있고, 어떤 신발은······

나의 생일을 축하해 주기 위해 방문한 이들의 신발들은 서로 뒤엉켜 있다. 포개어져 있기도 하고 뒤집어져 있기도 하다. 현관문을 열자마사 현관 바깥으로 툭 튀어나오는 신발도 있다. 얼마나 많은 손님이 방문한 것일까. 나는 떨리는 마음으로 신발을 벗는다. 거실 한가운데에는 생크림 케이크가 놓여 있다. 나와 눈이 마주친 누군가가 성냥을 그어 초에 불을 붙인다. 나는 평소보다 과하게 쑥스러워한다.

모두가 박수 친다. 축하 노래 부른다. 그들의 환한 얼굴 본다. 소원 빌고 촛불 끈다. 순간의 캄캄함 속에서 환히 웃는다.

케이크에 초를 꽂고, 불을 붙이고, 케이크 곁에 모인 사람들의 얼굴이 자그마한 촛불로 밝아지고, 다 같이 손뼉 치며 생일 축하 노래를 부르고, 멜로디에 알 수 없는 가사를 붙여 부르는 일이 좋다. 이 장면은 언제나 내가 꿈꾸던 것이다. 가져본 적 있고 그래서 앞으로도 갖고 싶은 것이다. 멀찍이 떨어져 선 채로 이 장면을 상상해 본다. 오래도록 기억하고 싶고 응원하고 싶은 사람들이 아주 느린 속도로 멀어져 가는 걸 지켜본다. 나와 사람들의 거리는 멀어진다. 도저히 다시 가까워지기 어려울 지경까지 멀어진다.

이제는 축하해 줄 수 없는 사람들이 있다. 사이가 소원해져서, 바뀐 연락처를 몰라서, 나의 축하를 부담스러워할까 걱정되어서, 내가 보낸 축하의 말에 답신이 올 수 없다는 걸 알아서, 생일보다는 기일을 챙기는 게 더 적절해져서. 나이를 먹는 건 나뿐이고 앞으로도 상대방은 오래도록 한 시기에 머물러 있을 수밖에 없어서.

나는 이해하고 싶었다. 그러나 어떤 축하는 더 이

상 왁자지껄하지 않다. 고요하다. 적막으로만 남아
있다.

*

한때는 생일이 싫었다. 생일이 여름 방학 직전이
나 여름 방학이 끝난 직후라면 좋겠다고 생각한 적
도 있다. 학창 시절에는 내가 받는 생일 축하가 얼마
나 요란한지에 따라 일 년 동안의 친구 관계를 정산
받는 기분이 들었다. '베스트 프렌드'라는 관계를 향
한 환상은 나이를 먹어가면서 사그라들었고, 모든
친구에게 모든 이야기를 공평하게 할 필요가 없다는
사실을 깨달았으며, 절교 멘트를 덧붙이지 않고 친
구 관계를 정리하는 법도 터득했다.

하지만 가끔 학교 근처 문구점에 들어가 진열대
앞에 서서 한참을 서성이던 시간들이 떠오른다. 친
구에게 줄 선물로 캐릭터가 그려진 펜이 좋을지, 아
니면 형광색이 들어 있는 삼색 볼펜이 좋을지 고민
하던 시간들. 친구가 지금 쓰고 있는 필통이 삼단으
로 이루어진 것이었는지, 그 필통이 얼마나 낡아 있
었는지를 따져가며 선물을 고르던 시간들. 대개 친
구의 생일 파티에 가기 전인 경우가 많았다. 선물을

고르고 포장하고 편지지에는 축하의 말을 썼다. 친구네 현관문 앞에 서서 초인종을 누르고 문이 열리길 기다렸던, 현관에 빼곡하게 들어차 있는 다른 아이들의 신발을 내려다본 기억이 난다. 신발을 대충 벗어 던지고 친구를 향해 달려가던 내 모습도.

그때 그 애들은 무얼 하며 지내고 있을까. 이름도 얼굴도 기억나지 않는 애들을 떠올리다 보면 이상한 마음이 든다. 잘 죽고 싶다. 잘 죽겠다. 잘 죽을 것이다. 잘 죽고 나서, 내 생일이 되면 이제 더는 볼 수 없고, 만질 수 없는 친구들을 초대하고 싶다. 맛있고 따뜻한 음식을 양껏 먹이고 싶다. 배불러서 그만 먹겠다고 말할 때까지 끊임없이 대접하고 싶다. 노곤해져서 꾸벅거리는 고갯짓을 보고 싶다. 다들 까무룩 잠든 때를 놓치지 않고 사진을 찍어두고 싶다. 해뜰 무렵, 모로 누워 잠든 친구들의 어깨를 흔들어 보고 싶다. 일어나, 눈 좀 떠봐, 저기를 봐, 손등으로 눈가를 비비며 친구들이 일어나면, 나는 그런 친구들의 옆얼굴을 간직하고 싶다.

내 기억 속의 어린 얼굴들. 테이블 한가운데 올려둔 케이크만큼 평온하고 완전한 얼굴들. 그걸 보다가 이렇게 중얼거리고 싶다. 생일 축하해. 너희가 태어나서 기뻐. 너희를 만나서 행복해. 나는 좀 더 있다

갈게.

마지막 말은 나밖에 듣지 못할 것이다. 그래도 괜찮을 것이다.

*

내가 무엇을 빌었는지 들어줄래?

아무도 답하지 않는다. 아무도 내 주위에 모여 있지 않았다. 부드러운 생크림 케이크에 얼굴을 파묻고 싶어지는 때가 있다. 고개를 처박고 일어나고 싶지 않은 때가 있다.

다음과 나 다음

계단을 오르는 중이었다. 살고 있는 아파트의 승강기가 오래된 탓에 교체 공사가 시작되었고, 5주간은 꼼짝없이 비상구 계단을 이용하는 수밖에 없었다. 왜 우리 집은 17층에 있는 걸까. 7층에 살았더라면 좋았을걸. 하다못해 10층만 되었어도 괜찮았을 텐데. 이런 생각을 하며 다음 층으로, 또 그다음 층으로 향했다.

계단을 오르내리는 동안에 찢어진 방충망을 보았다. 화장품이 묻은 채 버려진 화장솜을 보았고, 찢어진 영수증 조각들을 보았고, 간이 의자에 앉아 편의점 도시락 먹는 사람을 보았고, 어린아이를 품에 안고 있는 사람을 보았고, 계단 앞에서 망설이는 강아지를 기다리는 사람을 보았고, 비상구 표시등에 그려진 사람 모양을 보고 또 보았다.

계단을 오르내리는 동안에 혼자서는 계단을 오르

내릴 수 없는 사람과 동물에 대해 생각했다. 급하게 병원에 이송되어야 하는 일이 벌어지면 어떻게 해야 할지 생각했다. 비상구 계단이 비좁은 탓에 누군가 앞서 오르거나 내려가고 있을 때마다 그들을 제치고 훌쩍 위로 올라가거나 내려가고 싶다고 생각했다. 뭐가 그렇게 급하냐고. 누군가 내게 물어올 것 같다고 생각했다. 뭐가 그렇게 싫으냐고. 다 삭아 쪼그라든 나뭇잎을 밟지 않도록, 무릎뼈가 닿지 않도록 조심스레 발을 내디디면서 생각했다. 네 생각을 했다.

2017년, 너는 어느 시 창작 수업에서 '그래서는 안 된다'고 생각하는 순간들에 대한 목록을 작성해 보라는 과제를 받은 적 있다고 했다. 과제를 받고서 서른여섯 개의 순간들을 적어냈는데, 내게도 보여주고 싶다고 말했다. 서른여섯 개의 순간들은 다음과 같았다.

그래서는 안 된다고 말하는 걸 깜박할 때. 그대로 착각하고 싶어질 때. 다리를 벌리고 앉아서 맞았을 때. 머리를 묶지 않아서 혼났을 때. 설치지 말고 말하지 말고 생각하지 말라는 농담을 들었을 때. 우울한 표정 짓지 말고 좀 웃으라는 말에 웃어줬을 때. 시집이나 잘 가면 되니 걱정 말라는 위로를 받았을 때. 아이들을 지켜주지 못해 미안하다는 문구를 봤을 때. 아이는 들어올 수 없다는 카페의 안내문을 봤을 때. 아이를 많이 낳지 않아 문제라는 기사를 읽었을 때. 망태기 할아범이 말 안 듣는 어린이를 잡아간다는 협박을 들었을 때. 지옥에서 남긴 밥을 먹기 싫어 억지로 먹어치웠을 때. 그걸 다 토해냈을 때. 토하면서 내가 나를 불쌍하다고 여겼을 때. 그런 마음에 기댔을 때. 처음 사람을 때린 순간이 생생했을 때. 처녀막을 믿는 사람을 볼 때. 그 사람을 물어뜯고 싶을 때. 학생을 급식이라 부르고 노인을 틀딱이라 부를 때. 그걸 못 말릴 때. 다음에도 못 말릴 때. 앞으로도 못 말릴까 봐 걱정만 할 때. 걱정 인형을 상상할 때. 도깨비 야시장에서 덥다고 불평했을 때. 내가 불평하는 순간 한강에 뛰어든 사람이 있다는 걸 알았을 때. 살았으면 하고 바랐는데 나의 기도가 상대에게는 최선이 아닐 때. 서울을 사랑할 때. 서울을 떠나고 싶지 않을 때. 서울을 예쁘게만 찍고 싶을 때. 서울을 아름답게만 기억하고 싶을 때. 아름답지 못한 사람을 아름다운 적도 있었다고 포장할 때. 포장이 벗겨지지 않게 노력할 때. 노력을 의심하면서 노력한다고 할 때. 최고로 노력하는 순간 죽어서 노력하는 나를 남기고 싶을 때. 나열하고 실천하지 않을 때. 그게 지금이라는 걸 알아차릴 때.

그때 나는 네가 들려주는 이야기를 들으며 생각했다. 내가 너무 많은 걸 놓치면서 살고 있구나. 계속해서 무언가를 잃어버리면서 시간을 보내고 있구나. 그리고 내가 그렇게 살고 있다는 사실을, 한참 뒤에나 눈치채게 되는구나.

'그래서는 안 된다'고 생각하는 목록에 관한 이야기를 들려줄 때, 너는 맑간 얼굴을 하고 있었다. 그래서는 안 된다고 생각하는 그 모든 것들을 책임질 준비가 되어 있는 얼굴이었다. 지금의 너는 어떨까. 너는 무슨 생각을 하며 지낼까. 그게 궁금해서 네게 불쑥 말을 건네고 싶었다. 하지만 너와 대화를 나눈 건 너무 오래된 일이었다. 갑자기 메시지를 보내거나 전화를 걸어도 괜찮을지 알 수 없었다. 편지를 쓰거나 메일을 보낼까 싶기도 했지만, 어쩐지 네게 하고 싶은 말을 죄다 적고 나면 네게 쓴 편지는 봉해진 채 곧장 책상 서랍 속에 처박힐 것만 같았다. 메일은 전송되지 않은 채 곧장 삭제될 게 빤했다.

너와 마지막으로 만난 날이 언제였는지를 떠올려보았다. 기억나지 않았다. 휴대폰 캘린더에 네 이름을 검색했는데 검색 결과가 없다는 문구가 나왔다. 휴대폰 캘린더에 일정을 적어두기 시작한 건 몇 년 되지 않았으므로, 너를 만난 게 몇 년이나 지난 일이라는 사실을 알 수 있었다. 뭐 하고 있느냐고. 내가 네게 말을 건다 해도 달라지는 게 없다는 걸, 질문한 번으로 우리의 관계가 완전하게 뒤바뀔 수 있을 리가 없다는 걸, 나는 잘 알고 있었다.

그러나 나는 알고 싶었다. 네 이야기를 듣고 싶었다. 네게 묻고 싶었다. 그래서는 안 되는 것들을 계속해서 상기하면서 시를 쓴다는 게 무슨 의미인지. 쓰기로 인해 고통이 비롯될지라도 쓰기를 택하고, 쓰기로써 고통으로부터 빗겨나가기를 희구한다는 게 어떤 열망인지. 고통을 뛰어넘기 위해서, 고통을 상대하기 위해서, "모든 가능한 것을 소진하는 자"*가 되지 않기 위해서, 어떻게든 고통을 건사하기 위해서, 쓰기를 택한다는 게 네게 얼마큼의 가치가 있는 일인 것인지.

언젠가 네가 들려준 꿈 이야기도 생각했다. 어떤 꿈에서 너는 귀신이었다. 죽어서도 평소와 다를 바 없는 일상을 보냈다. 친구와 약속을 잡고 만나서 밥을 먹고 커피를 마시고 산책을 했다. 죽어서도 해야 할 일들은 여전히 밀려 있었다. 너는 죽어 있는 것과 살아 있는 것의 차이를 알기 어려웠다. 네가 죽어 있는 것도 꽤 나쁘지 않다고 느낄 즈음, 사람들이 점차 네 말을 알아듣지 못하기 시작했다. 아무리 크게 소

* 질 들뢰즈, 『소진된 인간』 (이정하 옮김, 문학과지성사, 2013, 23쪽)

리를 질러도 소용없었다. 사람들은 조금씩 너를 알아보지 못하더니 심지어는 너를 완벽하게 잊었다.

어떤 꿈에서 너는 사후 세계에도 가보았다. 망자가 영원한 안식을 가지기 전에 잠시 머무는 장소에 도착한 꿈이었다. 그곳은 마치 대형 쇼핑몰처럼 세련되고 화려했는데, 살아생전의 형편으로는 도저히 가질 수 없던 고가의 물건들이 진열되어 있었다. 거기서는 원하는 것이라면 무엇이든 가져도 되었기에 너는 신이 난 나머지 그곳에 있는 모든 물건을 뒤적였다. 하지만 네가 원하는 옷은 맞는 사이즈가 없었고, 탐이 나는 물건 또한 원하는 색이나 크기가 없었다. 대충 훑었을 때는 그간 원했던 것과 똑같아 보였지만, 자세히 들여다보면 모든 것들이 원했던 것과 약간씩 달랐다.

너는 죽을 날을 받아놓고 그날을 기다리는 꿈을 꿔본 적도 있다고 했다. 꿈속에서 너는, 치료를 해도 다음 달이면 죽을 거라는 말을 들었다. 네가 "아픈 곳이 하나도 없는데요?" 하고 의사에게 물었는데, 의사는 "당신은 어디가 아프고 있는 중입니다" 하는 모호한 답만 내놓았다. 아픈 구석 하나 없이 너는 죽을 병에 걸려 있었다. 약을 복용하지 않으면 당장에 죽을 수도 있을 만큼 위험한 병이었다. 그러나 약을 먹는다 해도 결국 다음 달이면 죽게 될 거라는 게 의사의 설명이었다. 너는 가까운 친구들이나 가족들과 다음 달에 무엇을 할 것인지에 대한 대화를 나눌 때마다 초연한 얼굴로 말했다.

"그때쯤이면 난 죽고 없겠는걸."

이 모든 것들은 꿈에 관한 이야기일 뿐이었다. 네가 꾼 악몽에 불과했다. 그런데 나는 계단을 오르면서 네 생각을 하고, 네가 들려준 이야기와 네가 꾼 흉몽을 생각했다. 다음 층을 생각했고, 다음 집을 생각했고, 다음 삶을 생각했고, 다음 죽음을 생각했다. 다음이 다 지겨웠다. 다음이 다 싫었다. 가만히 서 있고만 싶었다. 가만히 서서 다음에 올라오는 사람을 골똘히 보고만 싶었다. 너를 기다리는 것만 하고 싶었다. 뚫어져라 보면서 말 걸고 싶었다. 무엇이 그렇게 너를 진절머리 나게 하느냐고.

계단참에 서서 내게 말 걸어오는 사람이 있다면, 그 사람은 내가 너무 잘 아는 얼굴을 하고 있을 것이다. 잘 알아서 싫고, 잘 알아서 반갑고, 잘 알아서 멀어지고 싶은 얼굴일 것이다. 내가 가져보고 싶던 이름으로 그 사람을 부르고 싶어질 것이다. 모난 데 없이 부드럽고 넉넉하게 발음할 수 있을 낱말을 찾고 싶어질 것이다. 네가 나라는 걸 이해하고 싶을 것이다. 이 상태에 대해 우리라고 말하고 싶을 것이다. 그렇게 우리는 "가끔, 이러한 열정을 누리는 일은 한 권의 책을 써내는 것과 똑같다는 느낌"*을 알게 될 것이다.

* 아니 에르노, 『단순한 열정』(최정수 옮김, 문학동네, 2001, 19쪽)

왜 거기 있어?

발코니에 갇힌 적이 있다. 호와 산의 집에서였다. 제주살이를 결정한 두 사람이 서귀포에 자리를 잡은 지 몇 달 정도 지났을 무렵, 한과 함께 초대를 받아 방문했던 날이었다. 저녁으로 산이 만들어 준 칼국수를 먹었는데 무척 맛있었고, 친구들의 집인데도 내 집인 양 편하고 아늑해서 제일 먼저 잠자리에 들었다. 그래서였는지 날이 밝아올 즈음, 눈이 개운하게 떠졌다. 휴대폰으로 시간을 확인해 보니 곧 일출 시각이었다. 호와 산의 집 거실에서는 저 멀리 있는 바다를 볼 수 있었기 때문에, 내가 잠들었던 방에 달린 발코니에서라면 친구들의 잠을 방해하지 않고서 바다 일출을 볼 수 있을 것 같았다.

잠결에 외투만 걸친 채 발코니로 나갔다. 이때 실내로 벌레가 들어가지 않도록 문을 꽉 닫았다. 방 안에 휴대폰을 두고 나왔다는 걸 깨닫고 다시 문을 열려고 시도했을 때는 이미 늦어 있었다. 이중 새시로 된 문이었는데 잠이 덜 깬 내가 문 두 개를 모두 닫아버린 탓이었다. 호와 산은 안방에서, 한은 거실에서 자고 있었고, 나는 손님방에 있었다. 처음에는 친구들이 일어날 시간까지 기다려 볼 생각이었다.

발코니에는 흙 묻은 고구마가 담긴 종이 상자와 나만이 덩그러니 놓여 있었다. 초봄이었지만 점점 맨발을 타고 냉기가 올라왔다. 이대로 계속 있을 수는 없겠다는 생각이 들었다. 친구들을 계속 기다리든지, 아니면 큰 소리로 친구들을 부르든지 해야 했다. 새벽부터 이 작고 고요한 동네에 내 목소리가 울려 퍼지는 게 정말 민망하고 못 할 짓이라는 걸 알면서도, 결국에는 친구들의 이름을 차례로 외쳤다. 점차로 크게, 문을 두드리면서. 나 여기 있어! 여기 있어!

수차례 친구들의 이름을 외치던 나를 발견해 준 건 호였다. 방문을 조심스레 열고 방 안을 산펴 보던 호는 발코니에 있는 나와 눈이 마주치자마자 소스라치게 놀라며 발코니 문을 열어주었다.

"얼마나 갇혀 있던 거야?"

내가 코를 훌쩍이는 동안, 호는 다른 방에 가서 겨

울 이불이며 전기장판을 가져왔다. 몸을 좀 녹이는
게 좋겠다고, 조금 더 눈을 붙이라고.

한숨 자고 일어나서 거실로 나갔을 때, 호는 방문
앞에 앉아 책을 읽고 있었다.

"몸은 좀 어때? 감기 걸리겠다."

괜찮다고, 덕분에 살았다고 호의 말에 답하면서
문득 발리에서의 일이 떠올랐다.

*

'발리에서 한 달 살기'라는 계획을 실행했던 건
2019년의 일이었다. 호와 나는 여행을 계획한 이후로
틈만 나면 에어비앤비에 접속해 근사한 숙소들을 구
경했다. 궁전처럼 화려한 대저택도 있었고, 소박하지
만 깔끔한 인상을 주는 세련된 집도 있었다. 그렇게
찾아본 숙소를 예약하려 할 무렵, 발리에 가야 할 계
획을 취소해야 할지 모를 위기가 찾아왔다. 출국을
몇 주 앞두고서 호에게 발리에서 한 달씩이나 머물
수 없는 사정이 생겼던 것이다.

"나를 대신해서 같이 갈 수 있는 사람을 찾아볼
게."

호는 내게 미안해하면서도, 약간 자신감에 찬 얼

굴을 하고 있었다.

처음에는 호의 말을 믿지 않았다. 출국하기로 한 날이 몇 주밖에 남지 않은 상황에서, 한 달씩이나 해외에 머물 수 있는 사람을 찾기가 쉽지 않을 것 같았기 때문이다. 게다가 한 번도 본 적 없는 사람과의 여행을, 그것도 무려 한 달이나 할 수 있을지도 확신할 수 없었다. 물론 발리에서 머무는 동안 숙소만 함께 쓰자는 약속을 처음부터 해둔 상태이기는 했지만, 나에게도 그리고 호가 찾아올 그 사람에게도 쉬운 결정은 아닐 듯했다. 그러니 호의 제안을 거절할 수도 있었을 텐데, 이번이 아니면 다시 시도해 볼 엄두가 안 날 거라 생각했었는지 나는 흔쾌히 알았다고 답해버렸다.

며칠이 채 지나지 않아서 호는 나에게 윤을 소개해 주었고, 우리는 무사히 발리로 떠날 수 있었다.

발리에서의 한 달은 윤을 알아가는 시간이기도 했다. 한국에서의 계획과 다르게 우리는 한 달 내내 꼭 붙어 있었다. 우리가 예약했던 숙소가 시내와 조금 떨어져 있던 탓에 시내에 나가려면 택시를 이용해야 했는데, 매일 택시비를 각자 부담하기에는 지출이 클 수밖에 없었기 때문이다. 평소에 아무리 끈끈한 사이여도 오랜 시간을 함께 보내면 다투는 게 당연한 법이지만, 윤과 나 사이에는 사소한 말다툼조차 오가지 않았다. 일주일간의 여정을 보낸 호가 떠난 뒤에도 마찬가지였다.

우리는 아침에 일어나면 그날 먹을 파스타에 넣을 마늘을 깠고, 숙소에 달린 수영장에 뛰어들었고, 지독하게 술을 못하는 둘이서 맥주 한 병을 나눠 마셨다. 이따금 내가 침대 캐노피에 매달린 도마뱀이나 운동화 속에 들어간 개구리를 보고 소리를 꽥 지르면, 윤은 넓적한 접시를 손에 쥔 채 곧장 내게로 달려왔다.

"맨손으로 만졌다간 화상을 입힐지도 몰라."(윤이 무서워하는 건 바퀴벌레뿐이었다.)

발리에서 지낸 지 보름 정도 지났을 때, 나는 심한 몸살감기를 앓았다. 아침 일찍 일어나 숙소 근처에 있는 요가원에 가기로 한 날이었다. 몸이 아파서 날이 밝기도 전에 눈이 떠졌다. 열이 펄펄 끓었고 목이 아파 말을 하는 것조차 힘겨웠다. 처음에 윤은 내가 늦잠을 자는 줄 알고 내가 일어나길 기다렸다고 했다. 그런데 한낮이 다 되어가도록 꿈쩍도 하지 않는 게 이상했다고.

윤이 만들어 준 죽과 한국에서 챙겨온 비상약들을 먹으면서 꼬박 하루를 꼼짝없이 누워 있었지만 열은 내리지 않았다. 누군가 내게 끊임없이 발길질을 해대는 것처럼 온몸이 아팠다. 열 때문에 잠들고 깨어나길 반복하는 것 말고는 할 수 있는 게 없었다. 잠깐씩 정신을 차릴 때마다 내 침대 옆에 쪼그려 앉은 윤은 발리에서 병원에 가는 법이나 인도네시아어로 약국을 어떻게 발음하는지를 찾고 있었다. 그렇게 나를 간호해 준 윤 덕분에, 고열은 이틀간 이어지다 사흘째 되던 날 내렸다. 내 몸이 회복되어 갈수록 한국에 돌아갈 날도 가까워졌다.

일주일 남짓 남았을 무렵에는 더욱 부지런하게 놀았다. 우리가 머물던 에어비앤비 호스트로부터 요가 레슨도 받았고, 윤은 서핑 레슨까지 들었다. 윤이 서핑을 하는 동안, 나는 모래사장에 앉아 서프보드에 매달린 윤을 지켜보았다. 서프보드 위에 납작 엎드려 있다가도 눈 깜짝할 사이 밀려오는 파도에 사라지던 윤, 그리고 금세 다시 나타나던 윤, 이따금 내가 있는 쪽을 향해 팔을 크게 휘저어 보이던 윤을.

몇 년이나 지난 일이지만, 우리는 여전히 발리에서 있었던 일들을 곱씹으며 시시콜콜한 대화를 나누곤 한다. 카페 테라스에서 음료수를 마시던 중 나타

난 원숭이에게 과일을 빼앗겼던 일, 물에 둥둥 떠 있
는 것만 할 줄 알던 내가 바다에 누워 있다 떠내려
가지 않도록 윤이 틈틈이 나를 수심 얕은 곳으로 잡
아끌어 주던 일 같은 것들.

*

뒤늦게 일어난 한과 산에게 발코니에 갇혀 있던
이야기를 들려주었을 때, 두 사람은 큰일이 날 뻔했
다면서 다행이라고 말했다.
그렇지. 다행이지.
호가 내 목소리를 들었기 때문에, 윤이 아픈 나를
알아채 주었기 때문에 정말 다행이지.
그런 순간을 통해 나는 알게 되었다. 각자의 무모
하고 씩씩한 순간을 주고받을 수 있다는 것이 얼마
나 귀한 일인지를.

남은 건 이게 다예요

그건 진창이야. 그렇게 답했을 것이다. 내 일기장을 가리키며 이 노트가 뭐냐고 묻던 경에게.

"읽어봐도 돼?"

경이 물었고 나는 심드렁하게 그러라고 답했지만, 경의 손에 들려 펼쳐진 일기장은 금세 덮이고 말았다.

"읽어도 괜찮은데."

내 말에 경이 어떤 얼굴을 하고 있었는지는 기억나지 않는다. 잠시 정적이 흘렀던 것도 같다. 경이 아무런 반응이 없자 나는 원고 뭉치를 마저 정리했다. 경은 곧 마감이라던 이력서를 썼다. 타닥타닥. 말없이 타이핑 소리가 이어졌나.

이날은 같이 작업을 하자면서 만난 날이었다. 누웠다가 앉았다가 떠들었다가 이걸 먹었다가 저걸 마셨다가 해보자면서 어느 모텔방을 빌려 만난 오후였다. 겨울이었는데 양말을 벗고 맨발로 실내를 활보

할 수 있다는 게, 외출복을 입고서 침대에 누워도 전
혀 신경 쓰이지 않는다는 게, 카페 카운터에 적힌 화
장실 도어 록 비밀번호나 열쇠를 확인하지 않고서도
마음껏 손을 닦고 볼일을 볼 수 있다는 게, 그런 게⋯⋯

좋았나? 나는 정말 그날 원고를 정리했나? 경은
이력서를 쓰느라 정신이 없었나?

우리는 저렴하면서도 적당히 쾌적한 방을 골랐
을 것이고 한나절은 함께 있었을 것이다. 경이 침대
에 엎드려 누워 노트북 자판을 두드릴 때, 나는 소파
에 앉아 출력된 시 뭉치를 읽었을 수도 있다. 그러나
내 일기장을 본 경에게 '그건 진창'이라고 답했던 것
외에 그날의 기억은 어렴풋하다. 꿈속의 사람들처럼.
우리가 있었다는 사실만이 문장으로만 남았다.

공교롭게도 이 희부연 장면은 진창의 나날 가운
데 비교적 선명한 해상도로 그려지는 편에 속한다.

*

그날로부터 계절이 한 차례 바뀌었을 무렵, 경과
나는 강화도로 드라이브를 떠났다. 당시에 나는 초
보운전 스티커를 두 개나 붙인 운전자였고, 경은 면
허가 없었다. 우리가 가기로 한 대형 카페는 데이지

꽃밭으로 유명한 곳이었다. 장거리 운전은 처음이라 어깨에 잔뜩 힘이 들어간 나와 달리, 경은 오늘 하루 나를 예쁘게 찍어주겠다며 필름 카메라를 만지작거렸다.

미세 먼지 없이 맑고 쾌청한 하늘에 그다지 습도가 높지 않은 초여름날이었다. 강화도를 향해 달려가는 동안에 상상한 데이지 꽃밭은 싱그럽고 짱짱한 기운을 풍기는 모습이었다. 사전에 카페를 검색해 보았을 때 다른 사람들이 찍어 올린 사진들이 그랬기 때문이다. 그러나 막상 카페에 도착하자 펼쳐진 것은 황량한 풍경이었다.

"다 죽은 거야?"

"그런가 봐."

너른 꽃밭을 보유한 대형 카페답게 카페 내에는 데이지 꽃밭 외에도 사진을 찍을 만한 곳들을 소개해 놓은 안내 푯말이 걸려 있었다.

"조팝나무 미로라는 게 있대."

하지만 조팝나무 미로는 시나치게 울창해서 사진 찍기 좋아 보이지는 않았다.

카페에서 적당히 시간을 보내다 드라이브를 조금 더 한 뒤에 귀가할 수도 있었을 텐데, 이상하게 그러고 싶지 않았다. 푸석한 케이크와 탄 맛이 나는 커피를 번갈아 먹다가 엉뚱한 결론을 내렸다.

"오늘 어떻게든 아름다운 걸 봐야겠어."

우리는 가까이 있는 해변을 검색했고, 그곳에서 일몰을 보기로 했다. 강화도에 오는 동안에 하늘이 무척 맑았으니 일몰 역시 멋들어질 게 틀림없었다. 바닷가로 향하는 차 안에서는 뉘엿뉘엿 저물어 가는 해, 서서히 수평선 아래로 잠겨 내려가는 해, 지친 몸을 천천히 누이는 해를 상상했다. 아무렇게나 촬영해도 참 아름다운 장면이라 말할 수 있을만한 풍경을.

그러나 우리는 못 보았다. 깨끗하고 드높던 하늘은 흐려졌고, 해는 저물어 가는 모습을 보여주지 않고 슬그머니 사라져 버렸다. 기억할 만한 아름다움을 찾는 일에 실패한 것이다.

만일 우리가 정말 아름다운 장면을 보았더라면 어땠을까. 그때는 무엇이 남았을까.

*

최근에 만난 경은 강화도에서 길을 잘못 드는 바람에 논두렁을 헤맸던 일화를 꺼냈다. 그런 날도 있었지. 양손으로 핸들을 붙든 나를 사진으로 남기기까지 했지. 경의 말을 듣고 나서야 식은땀 흘리며 난감하던 순간이 상기되었다. 이 순간은 절대 잊을 수 없을 것이다 여겼던 당시의 마음까지도.

오래된 일이 아닌데 이 지경으로 가물가물할 수도 있구나. 기억이 잘 안 난다고, 도대체 내가 뭘 했었는지 도저히 모르겠다고 털어놓은 내게 웃으며 공감해 준 사람이 꽤 많았지만, 씁쓸했다. 기억력이 좋은 편이었는데. 끊임없이 반복해서 떠올리는 것도 일종의 힘이라면, 나는 제법 힘센 사람이었는데.

그렇게 경 덕분에 소중한 한 순간을 복귀할 수 있었다. 경은 나를 열렬히 응원해 주는 친구 중 한 명이다. 내 시를 무조건적으로 지지해 주는 독자이며, 때로는 객관적 시선으로 시를 들여다봐 주는 역할까지 맡고 있다. 내가 시 쓰기에 흥미를 가질 수 있던 것도 순전히 경 덕분이었다.

학창 시절, 경은 십 분 남짓의 쉬는 시간마다 자기가 사랑하는 시인과 시에 대한 이야기를 들려주고는 했다. 경이 소개해 순 시를 읽어본 후 내기 어렵다고 말하면, 경은 부드러운 미소를 지으며 자기의 감상을 차근차근 늘어놓았다. 경이 하는 말은 언제나 시를 쓴 시인의 마음을 헤아리는 데에 있었다. 경의 두 눈에 일렁이던 총기. 나는 그것을 탐내기 시작했다.

경처럼 시를 사랑해 보고 싶었다. 그러나 경처럼 되는 일은 실패할 수밖에 없었다.

언제부터인가 나는 시를 사랑하는 일에 앞서, '있어 보이게' 지적하되 '있어 보이게' 칭찬하는 법과 '있어 보이게' 말하는 법과 '있어 보이게' 쓰는 법을 연마하고 있는 것 같다는 의심에서 벗어나지 못했다.

있어 보이게.

이 다섯 글자에 진절머리가 났다. 내 안에 맴도는 모든 말은 허구라는 의심, 쓸모없는 관념이라는 자기혐오에 빠졌다. 무언가 좋다고 느껴지더라도 정말 '내가' 좋아하는 건지 확신할 수가 없게 되었다. 친구들과 공동 일기장을 만들어서 수업 시간에 돌려쓰던 시절처럼. 오전에는 ㄱ의 말투를 썼다가 점심을 먹고선 ㅎ의 말투를 썼던 것처럼.

나는 괜찮아 보이는 요소를 덧대고 기워내서 만들어진 거구나.

자신을 탓하며 나를 납작하게 만든 것들과 내가 써온 모든 것을 폐기해 버리고 싶은 충동에 사로잡혔다. 그럴 때마다 경은 내 시가 얼마나 좋은지 호들갑을 떨었다. 그 총기 가득한 두 눈으로 내 시를 헤아려 주었다.

나는 시로부터 도망치고 싶을 때면 내게 남은 기

억력을 몽땅 끌어낸다. 경이 해준 말과 보여준 눈빛을 가만히 떠올려 본다. 내가 실패한 것, 실패를 거듭하여 써내게 된 것, 순진하게 열렬하게 시에 대해 떠들던 시간을.

*

'진창'이라 부를 수밖에 없던 일기장이 경과 나 사이에 놓여 있던 그날, 퇴실 시간이 다 되어갈 무렵이었다. 경은 타자로 친 편지 한 장을 파일로 보내주었다. 편지에는 이렇게 적혀 있었다.

시봇*이 아무리 빨리 써도 로봇은 아니라는 사실을 기억해야 하듯 네가 빗장을 열어주었대도 거기까지는 들어가지 않아야 할 것 같았어. 행여 서운하게 여기지 않기를.

표백해 버린 채로 보내주는 게 마땅한 시기도 있다. 그야말로 '진창'이던 시간 또한 어떻게든 되살려내려 궁리할 필요가 없다. 반복해서 기억하는 일은 점차 버거워질 것이다. 나는 계속 무언가를 놓치고 깜박하고 흘리게 될 것이다. 눈물과 콧물로 뒤엉

---

* 2020년~2021년도에 '시봇'이라는 메일링 서비스를 기획해 진행한 바 있다. 구독자에게 받은 단어들을 조합하여 쓴 시를 발송하는 작업을 했다.

킨 얼굴을 닦아내며 한없이 침잠해 가던 나를, 아름다운 걸 보는 일에 실패한 나를 열심히 찍어준 경처럼. 더운 바람이 불고 따가운 햇볕이 목덜미를 달궈도 나를 향해서 말해오던 경처럼.

거기 서 있어 보라고. 지금 좋다고.

밍기적*

　모임의 이름은 '밍기적'이었다. 누가 모임의 이름을 정했는지는 기억나지 않는데 모임의 이름만큼이나 느슨하고 편안했다는 것만큼은 분명하다.

　모임의 규칙은 간단했다. 한 달에 한 번 한국 문학이 아닌 책을 읽고 만나기. 이왕이면 혼자 읽기 버거웠던 책일 것. 이 모임을 어떤 모임인지 설명해야 한다면 아무래도 독서 모임이라는 답이 가장 적절할 테지만, 책을 다 읽어 오지 못해도, 모임에 참석하지 못해도, 책을 가져오지 못해도 괜찮은 모임이었다는 점에서는 '독서'라는 단어에 괄호를 쳐야 할 것만 같기도 하다.

　모임에서 읽은 책들은 소설과 에세이와 이론서를 넘나들었고, 읽었던 책 중에는 『혐오 발언』『비행공포』『도덕적 불감증』같은 책들이 있었다. 나는 매번

---

* 표준어는 '뭉그적거리다'이다.

책을 다 읽고 모임에 참석하는 쪽이었는데 엄밀히 말하자면 읽었다기보다는 책 지면에 인쇄된 활자를 보았다고 하는 쪽이 맞을 것이다. 그때 모임에서 읽기로 한 책들은 내게 너무 어렵기만 했다. 무슨 말인지 알 것 같다가도 모르겠고, 모르는 것 같다가도 사람들 이야기를 듣다 보면 알 것 같았다. 무언가 그럴싸한 감상을 늘어놓기는 했을 것이다.

밍기적이라는 헐렁한 이름의 독서 모임을 시작하게 된 계기는 단순했다. 2017년 초겨울, 시 창작 수업에서 알게 된 선생님이 "솔이 독서 모임을 하고 싶다던데 너 할래?"라고 물었고, 내가 곧장 하고 싶다고 답하면서 시작되었다.

평소에 읽기 힘든 책이 있어서, 누군가와 함께 읽고 싶어서, 사적인 모임을 가져보고 싶어서 한 것은 아니었다. 그냥 솔은 평소에 어떤 책을 읽고 싶어 하는지, 어떤 책을 읽고 어떤 생각을 하는지 궁금했을 뿐이다. 솔은 내가 좋아하는 작가였다. (모임을 계기로 솔과 친해져 보려는 음흉한 생각은 하지 않았다.)

그런데 연말이 다 되어가도록 아무런 소식이 없었다. 그러다 우연히 어느 행사 자리에서 솔을 마주쳤고 나는 대뜸 솔에게 다가가 인사를 했다.

"독서 모임은 언제부터 할까요?"

어쩌면 솔은 독서 모임에 대해 별생각이 없었는지도 모른다. 독서 모임을 하고 싶기는 했어도 그렇게 불쑥 나타난 나하고는 함께 하고 싶지 않았을 수도 있다. 어쩌면 솔은 우연찮게 마주친, 갓 스무 살을 넘겨 어려 보였을 내 얼굴에 대고 매정하게 굴 수 없었던 건지도 모른다.

어쨌거나 그날 나는 솔과 연락처를 주고받았고 모임에 대한 구체적인 이야기를 나누었다. 한국 문학이 아닌 책을 고르자는 규칙도 이때 정한 것이었다. 솔과 나는 각자 주변에서 독서 모임을 함께 할 만한 사람들을 찾았다. 솔은 호를, 나는 한과 롬을 초대했다.

첫 독서 모임은 서교동 인근의 한 카페에서 이루어졌다. 다들 책을 읽어 오기는 했는데 먼저 입을 여는 사람이 없었다. 그렇다고 시시콜콜한 이야기를 늘어놓는 사람도 없었다. 이렇게 한 번 모이고 다시 모이게 되지 않을까 봐 걱정스러웠던 나머지, 나는 책을 읽은 뒤 했던 생각들을 마구 떠들어 댔지만, 서먹하고 조심스러운 분위기가 유연해지지는 않았다.

그러나 사람들은 다음 달에도 모였고, 그다음 달에도 모였다. 책 이야기를 하느라 시간 가는 줄 모르고 떠든 적은 별로 없었던 데다가 다들 무슨 생각을 하고 있는 건지 도통 알기 어려운 표정을 짓고 있었는데도 모임은 중단되지 않았다.

그렇게 모임이 서너 번쯤 이어졌을까. 모임 분위기에 변화를 주고 싶다는 마음으로 뒤풀이 자리를 제안해 보았다. 아무도 내켜하지 않을까 봐 걱정했는데, 모두들 흔쾌히 제안에 응했다.

독서 모임을 하던 카페와 조금 떨어진 곳에 위치한 호프집에서도 사람들은 말이 없었다. 시원한 생맥주를 마실 뿐이었다. 평소에 술자리에 자주 참석했더라면 분위기를 즐겁게 만드는 요령이 어느 정도 있었겠지만, 독서 모임 뒤풀이에서도 콜라를 마시는 내가 그런 걸 알고 있을 리가 없었다. 그런데 왁자지껄한 호프집에서 말없이 맥주를 들이키는 사람들을 보고 있자니 이상한 호기심이 생겼다. 내 입에는 쓰고 떫기만 한 맥주의 어디가 맛이 있다는 건지 말이다.

"제 입에는 맥주가 쓰고 떫기만 하거든요. 그게 정말 맛있나요?"

그러자 사람들은 저마다 맥주가 왜 맛있는지, 이 쓰고 떫은맛이 주는 청량함이 어떻게 느껴지는지, 맥주가 주는 시원함을 무엇에 빗댈 수 있는지를 하나둘씩 꺼내어 설명해 주기 시작했다. 내 질문의 엉뚱함에도 불구하고 사람들은 책에 관한 이야기를 나누던 때보다도 더 열심히 내 의문을 해결해 주려 애쓰는 것 같았다. 맥주 이야기가 한바탕 휩쓸고 지나간 뒤에는 어색했던 분위기가 한결 편하게 누그러진 듯했는데 그 와중에도 나는 모임이 이 뒤풀이를 끝으로 마무리될까 봐 걱정하고 있었다. 다들 마지막이라고 생각해서 나온 게 아닐까 싶었던 것이다.

물론 내 걱정이 무색하게 우리는 매달 모였다. 아마 달라진 건 나뿐이었던 것 같다. 나는 뒤풀이가 무사히 성사되었다는 데서 이상한 자신감이 샘솟았는지, 한강 공원에서 모임을 가져보면 어떻겠느냐는 제안을 불쑥 던졌다. 이 또한 모두가 흔쾌히 찬성했고 심지어 호는 자기에게 텐트가 있다며 캠핑용품을 준비하겠다고도 했다. 우리는 가을바람을 맞으며 한강 공원에 텐트를 쳤고 편의점 라면과 피자를 배달해 먹었다. 다섯 명이서 앉아 있기에는 조금 비좁은 텐트 안에서 우리는 다른 사람늘이 어닣세 한밤의 한강 공원을 즐기는지를 구경했다. 당시에 방영하던 아이돌 오디션 프로그램에 대한 이야기를 주고받았고, 우리가 있는 텐트 근처에 자리를 잡은 연인이 내내 노래를 부르는 것을 들었다.

확실히 한강에서 모였던 날 이후로는 독서 모임이 조금 달라졌다. 모일 때마다 책에 대한 이야기를 빠르고 간단하게 주고받기 시작했다. 모임이 끝난 뒤에는 항상 무언가를 먹으러 갔다. 혹은 무언가를 먹으러 가기 위해 모이기도 했다. 오이도에서 조개구이를 먹은 뒤에는 주차장에서 콩알탄을 던지며 놀았고, 서울 시내의 한 숙소를 대여해 타르트를 나눠 먹으며 놀았다.

여름 휴가철에는 속초로 1박 2일 여행을 떠난 적도 있다. 속초에서 가볼 만한 식당과 묵을 숙소를 알아보겠다고 호기롭게 외쳤던 나는, 성수기의 숙소 요금이 너무 비싸 당황하고 말았다. 회사 때문에 시간을 낼 수 없어 불참하게 된 한을 제외해도, 성인 네 사람이 묵을 수 있는 숙소를 찾기란 쉽지 않았다. 아주 높은 금액을 지불해야 하는 곳 아니면 사진상으로도 너무 허름해서 위생이 걱정되는 곳뿐이었다. 그러다 마침내 바닷가에 위치한 숙소를 찾을 수 있었다. 더블베드 두 개가 꼭 붙어 있는 원룸형 숙소였고, 실내에 대형 욕조가 있긴 했지만, 통유리창으로 바닷가를 내다볼 수 있는 곳이었다.

속초에 가는 동안에는 세대별 유행가를 들었다. 나는 소녀시대, 원더걸스, 투애니원의 노래에 흥얼거

렸고, 다른 사람들은 핑클과 S.E.S의 노래에 흥얼거
렸다. 예전에는 성유리가 제일 인기가 많았다는 등
의 이야기를 듣는 게 왜 그렇게 신기하고 재미있었
는지 모르겠다.

속초에서만 파는 맥주를 여러 캔 사서, 속초 맛집
에서 포장해 온 음식을 숙소에서 먹고, 네 사람이 서
있기만 해도 꽉 차버리는 발코니에서 담배를 피우던
순간 같은 것들이 왜 그렇게 좋았던 걸까.

숙소 문을 열자마자 보이는 대형 욕조에 당황스
러워하다가도 입욕제 없이 거품을 낼 수 있는 방법
을 알고 있다며 린스로 거품 내는 법을 알려주던 솔
의 얼굴은 왜 그렇게 천진해 보였던 걸까. 욕조에서
불빛도 난다며 숙소 불을 다 꺼둔 채로 네 사람이
욕조에 발목만 담그고서 통유리 너머 깜깜한 밤바다
를, 한밤의 해변에서 춤을 추던 사람들을 구경하던
순간이 왜 그렇게 나를 편하게 만들었을까. 일출을
보겠다고 혼자 일찍 일어나, 창 너머로 먼동이 트는
걸 바라보며 사람들을 깨울지 말지 고민하던 마음이
왜 여전히 선명할까.

매달 모여 무언가를 먹으면서, 책 이야기는 거의
하지 않으면서, 그렇다고 꼭 무언가를 말해야 한다

는 강박에 사로잡히지 않으면서, 나는 생각했다. 밍기적거린다는 게 게으르거나 둔한 무언가가 아니라 보드라운 담요에 뺨을 비비듯이 마음 놓을 수 있는 행위라고.

우리가 함께 있으면서 보낸 시간 대부분이 입을 다물고 멍하니 있는 것처럼 보였다 해도, 그건 다 같이 생각을 물리치는 것이기도 했고, 가만히 지켜보는 것이기도 했다. 그리고 그런 시간은 꼭 필요한 것이었다.

모임을 하기 이전까지만 해도 밍기적거린다는 단어는 그다지 특별한 의미를 가진 단어가 아니었다. 하지만 이제 어디선가 밍기적이라는 단어를 보면 기억 저편에 숨어 있던 장면들이 마구잡이로 이끌려 나온다. 밍기적거리며 쉴 수 있던 순간으로 나를 다시 데려다 놓는다.

거의 있음

여행지에서의 일이다. 여행을 왔으니까 평소에 하지 않던 것을 하고 싶었다. 여행을 가기 전부터 내가 평소에 하지 않는 것 가운데 무엇이 있는지를 생각했다. 여러 가지가 떠올랐다. 그중에서도 가장 먼저 떠오른 건 몸을 움직이는 일이었다. 설거지를 하거나 책을 꺼내어 펼치거나 옷을 개어 넣거나 방바닥에 굴러다니는 머리카락을 치우는 정도가 아니라, 땀을 뻘뻘 흘리며 숨 가쁠 정도로 움직여 본 일이 적다는 생각이 들었다.

마지막으로 몸을 실컷 움직여 본 게 언제였지? 기억나지 않았다. 여행지에서 할 수 있는 가지각색의 원데이 투어를 예약할 수 있는 사이트에 접속했다. 일출을 볼 수 있는 트래킹 투어가 눈에 띄었다. 별생각 없이 예약했다. 여행지의 산 정상에서 볼 수 있는 일출이라니, 상상만으로도 멋졌다.

하지만 막상 여행지에 도착하니 반쯤은 귀찮았다. 스노클링이나 요가 같은 것도 있는데 왜 트래킹을 예약해 버린 걸까, 하고 후회하는 마음도 없지는 않았다. 새벽 2시에 숙소 근처로 나를 태우러 온 승합차에 몸을 실은 채, 차창 너머의 깜깜한 거리를 내다볼 때도 그랬다.

올라야 할 산의 입구에 내린 순간에는 살이 에이는 듯한 찬 기운에 정신이 번쩍 들었다. 가이드는 투어를 예약한 사람들에게 손전등을 하나씩 나눠주었다. 손전등 뒤꽁무니에 달린 버튼을 누르고 있어야만 불빛이 나왔다. 버튼을 힘껏 눌러보아도 손전등 불빛은 겨우 한 치 앞만 내다볼 수 있을 정도로 희미했다.

안전장치 하나 없는 험악한 산길을 따라 걷는 일은 무척 고되었다. 캔버스화 안에 굴러다니는 흙 알갱이가 거슬렸다. 어느 정도는 정돈된 길이 있을 거라는 생각으로 대충 골라 신은 신발 탓에 발바닥이 얼얼했다. 손전등도 내던지고 싶었다. 지형이 가파른 탓에 두 다리를 움직이는 것만으로는 위로 나아가는 일이 쉽지 않았다. 그렇다고 쉬었다 갈 수도 없었다. 길이 몹시 좁아서 모든 사람이 한 줄로 산을 오르고 있었기 때문이다. 내가 멈추면 모두가 동시에 멈춰

야만 했다.

산은 다양한 경로로 트래킹을 찾아온 사람들로 가득했다. 등산 장비를 완벽히 갖춘 사람들도 있었다. 나는 현지 투어나 체험 등을 예약할 수 있는 플랫폼을 통해 트래킹을 예약했기 때문에 가이드가 있었다. 가이드는 내 또래로 보이는 여성이었다. 가이드가 트래킹 내내 가장 많이 했던 말은 "almost"였다. 거의 다 왔다고. 고지가 코앞이라고. 그러니 힘을 내라고. 가이드는 행렬 맨 끝 쪽에 서 있다가도 험악한 구간이 나오면 성큼성큼 맨 앞으로 달려 나가서 사람들이 길을 오르기 쉽게 손을 뻗곤 했다. 힘들지 않은지 묻는 내게 가이드는 태연한 얼굴로 답했다. "이게 저의 일입니다."

*

영화 〈불온한 당신〉은 1945년생 이묵이라는 '바지씨'에 대한 다큐멘터리 영화나. 영회는 이묵이라는 한 개인의 삶에 더해 2011년 3월 11일 일어난 동일본대지진과 2014년 4월 16일 발생한 세월호 참사, 그리고 2014년 퀴어 페스티벌을 교차해 보여준다. 서로 무관한 듯한 일련의 사건들이 어떻게 긴밀하게 연결

되어 있는가를 말하기 위해서다.

그 가운데서 내게 충격으로 다가왔던 사실은, 2014년 퀴어 페스티벌 행사장에 나타난 혐오 집단들 중 세월호 참사 유가족을 종북 세력으로 몰아가던 집단이 포함되어 있었다는 점이다. 그들에게 있어 재난은 정치적 수단이었으며 동시에 혐오를 정당화할 도구에 지나지 않았다.

영화를 보는 동안, 나는 지난날의 나를 떠올렸다.

2014년 4월 16일, 나는 학교에 있었다. 조회시간에 "수학여행을 가던 여객선이 침몰되었지만 전원 구조되었다"고 말했던 담임 선생님은, 종례시간에 "전원 구조에 실패했다"며 당황스러운 얼굴을 하고 있었다. 이후 세월호 참사와 관련된 보도가 이어지던 몇 주 간, 나는 보도를 보며 밥을 먹었고, 보도를 보다 잠들었고, 보도를 보면서 가족들과 사소한 대화들을 나눴다. 몇 차례 광장에 나가고, 각종 후원 계좌에 소액을 입금하고, 주변 지인들에게 서명 링크를 공유하고, 일기에는 곧은 말들을 써넣었다.

그때 나는 비탄 가까이에 있었지만, 비탄에 빠져 있지는 않았다. 재난이 멀리 있다고 생각했다. 내게도 언제든 벌어질 수 있다고 여기는 동시에 지금은 아니라고 믿었다. 내가 어디서, 어떻게, 왜 분노해야 하는지를 온전하게 내 힘으로만 곱씹어 본 적 없다는 것, 광화문 광장의 세월호 참사 분향소를 숱하게 지나쳤지만, 스쳐가는 풍경으로만 여겼다는 것, 내가 발 딛고 서 있는 이 땅 위에서 벌어지는 일들이 어떤 방식으로 얽히고설켜 있는지를 뒤늦게 알았다는 것이 부끄러웠다. 영화의 엔딩 크레디트가 올라가고 극장을 빠져나와서도 부끄러움은 계속되었다.

*

2024년 12월 3일. 계엄령이 선포된 이후 집회 현장을 찾을 때마다 리본 모양으로 만든 노란 풍선이 눈에 띄었다. 시민 발언대에서는 "팔레스타인에 해방을!"이라고 외치는 이의 목소리가 선명하게 들려왔다. 행진을 하면서는 '노동자 건강권 훼손하는 반도체특별법 폐기하라!'는 문구가 적힌 플래카드를 든 단체를 보았다. 그들 앞을 쉽게 지나치기 어려웠다.

집회 현장에 있는 내내 나는 인견했다. 안전하게 투쟁을 외치고, 발언을 경청하고, 노래를 따라 부르고, 깃발을 들고 선 사람들 틈에 섞여 행진했다. 추운 거리에 있다가도 따뜻한 집으로 돌아가 몸을 녹이고 잠들 수 있었다. 부끄러움은 사라지지 않았다. 오히려 점점 부끄러워졌다.

2024년 12월 21일. 전국농민회총연맹(이하 전농)이 남태령에서 고립되었다는 소식을 접했다. 광화문에서 열린 집회에 참여한 뒤, 집으로 돌아가던 길이었다. 집에서 저녁을 먹고 씻고 잘 준비를 할 때까지도 전농은 남태령에 꼼짝없이 고립되어 있었다. 유튜브로 '전농TV' 라이브 방송을 틀어둔 채 새벽 내내 지켜보았다.

2024년 12월 22일. 날이 밝고서 남태령으로 향했다. 지하철이 남태령역에 정차하자, 사람들이 우르르 하차했다. 마침내 경찰이 길을 내어줬고, 트랙터가 무사히 움직일 수 있었다. 사람들과 함께 남태령에서부터 사당까지 걸었다. 자동차 경적을 울리며 우리를 비난하는 사람들을 보았고, 반대로 우리의 구호에 맞춰 경적을 울려주는 사람도 있었다. 아파트에서 우리를 촬영하는 사람들이 눈에 띄었고, 지나가는 길에 손을 흔들어 주는 사람들도 만났다. 집회 장소가 한남동에서 이어진다는 말에 지하철을 타고 한강진역으로 향했다. 사전에 안내된 집회 장소로 가는 길이 헷갈려 한강진역 주위를 빙빙 돌았다. 육교를 건너야 하거나 사람들이 모여 있는 곳으로 가야 했을 때, 나를 가로막고 선 것은 경찰이었다. 손에 들고 있던 응원봉을 배낭에 넣은 뒤에는 나를 막는 경찰이 없었다.

2025년 3월 25일. 다시 남태령에서 전농이 고립되었다고 했다. 저녁에 도착해서 마주하게 된 남태령은 2024년의 남태령과는 사뭇 달랐다. 자동차에 스피커를 달고서 집회에 참여한 사람들을 향해 욕설을 퍼붓는 사람들이 있었다. 경찰은 공중화장실을 막아두었고, 시민들이 현장으로 보낸 각종 지원 물품들의 보급을 차단했다. 뒤늦게 공중화장실과 푸드 트럭이 진입해 들어오긴 했으나, 가급적이면 화장실에 가지 않기 위해 아무것도 먹거나 마시지 않았다. 외투 겉에 은박 담요를 두른 채 맨바닥에서 올라오는 냉기를 피하려 애썼다. 날이 밝아오기를 기다리며 시민 발언대로 올라가 마이크를 잡기도 했다. 몸을 녹이고 싶어 난방 버스에 올랐을 때, 대학원을 함께 다니고 있는 선생님으로부터 연락이 왔다. '방금 발언 잘 들었습니다. 첫차 타고 가려고 준비 중인데 혹시 감기약이나 비타민 필요하세요?' 그 메시지가 참 든든하고 감사했다. 그때, 난방 버스를 광화문 쪽으로 보낸다는 비상행동 측의 공지를 들었다. 상황이 마무리되어 가는 중이라 여겼고, 난방 버스를 타고 광화문에 도착하면 그대로 귀가하려 했다. 그러나 광화문에 도착해 버스에서 내렸을 때, 나와 시민들을 기다리고 있는 것은 경찰이었다. 경찰은 우리를 둘러싸고서 당장 해산하지 않으면 체포할 거라고 외쳤다. 시민들과 경찰이 엉겨 붙었고, 상황은 나빠졌다. 출근하던 시민들은 집회에 참여한 시민들을 향해 욕을 퍼부었다.

"왜 여기서 이래?"

*

산을 올랐던 그날 나는 이따금 고개를 돌려 내 뒤를 따라오는 사람들을 훔쳐보았다. 모두들 내가 받은 것과 같은 손전등을 쥐고 있었다. 그 희미한 손전등 불빛이 점점이 이어져 있었다. 다들 무언가를 찾고 있는 것처럼. 무언가를 찾기 위해 이 산에 오르기로 한 것처럼. 그때 나는 무엇을 찾고 있었을까. 땀에 흠뻑 젖어 있는 몸. 턱밑까지 차오른 숨. 묵직해진 두 다리. 그런 몸을 왜 찾고 싶었던 것일까. 하지만 내게 몸이 있다는 것, 이 몸이 내가 생각하는 몸과 일치한다는 것, 내 뜻대로 이 몸을 움직일 수 있다는 것은 보편적이고도 일반적인 것이 아니었다.

필라테스 선생님은 나에게 흉곽을 닫아야 한다고

말한다. 손바닥으로 바닥을 짚고 있을 땐 매달리듯이 손바닥 안쪽에 힘을 주어야 한다고. 그리고 내 몸이 얼마나 틀어져 있는지, 이 틀어짐을 해결하기 위해서는 평소에 어떤 자세로 있어야 하는지, 몸 구석구석에 숨어 있던 근육들을 사용하는 방법들을 가르쳐 준다.

자주 사용하지 않던 근육들을 쓰고 나면 개운해진다. 그때마다 나는 내 몸이 여기에 있음을 느낀다. 완전하지는 않더라도, '거의(almost)' 있음을 느낀다. 몸이 있다는 사실은 내가 무언가 할 수 있다는 사실과도 이어진다. 그게 참 부끄럽다. 그리고 부끄럽다는 것이 참 다행스럽다.

일희일비 금지 계절

올해가 가기 전에 만나.

연말이 가까워지면 지인들과 안부를 주고받을 때마다 이런 문장으로 대화를 끝내게 된다. 그들 모두를 만날 수 없다는 걸 알고 있다. 올해 겪은 수고로움과, 훗날 찾아올 희망을 나누는 일은 그들 가운데 몇 사람과만 가능할 것이다. 이런 생각들을 하다 보면 아차, 하고 정신을 차리게 된다. 이럴 때일수록 마음에 힘을 빼야 한다. 구부정해진 몸을 바로 세워야 한다. 변한 것은 계절뿐이므로 헛헛한 기분을 느낄 필요가 없다. 내게는 따뜻하고 환한 순간도 남아 있다는 걸 내가 나에게 쉬지 않고 일러주어야 한다. 노력해야 한다.

그런데 연말이 되기 전에 내가 꼭 하는 일이 있다. 바로 옷장 정리다.

'두꺼운 겨울 외투는 개천절에 꺼내어 두고, 식목

일에는 정리해 넣어야 한다'는 말을 인터넷에서 본 이후부터는 그대로 실천하고 있다. 매년 10월 3일에는 겨울옷을 준비해 두고 4월 5일에는 가벼운 옷들로 옷장 서랍들을 채워 넣는다.

그러나 옷장 정리를 할 때마다 나의 한심한 일면을 마주 보게 된다. 자주 입는 옷가지들을 눈에 띄는 자리에 놓아두는 건 차치해 두고서, 옷장을 정리하다 보면 매번 버려야 할 옷들이 잔뜩 쌓이기 때문이다. 괜한 욕심으로 구매해 자리만 차지하다가 거의 새 것이나 다름없는 채로 버려지는 옷가지들을 볼 때마다, 나 자신이 곤혹스럽다. 단지 내 눈에 예쁘다는 이유만으로, 나와 어울리지 않는 옷들은 계절이 몇 번 바뀌는 동안 옷장 속에서 잠들어 있다가 옷 정리를 결심한 나에 의해 발굴된다. 나에게 선택되었지만, 내 몸에 걸쳐지지 못한 옷들.

이 글을 쓰고 있는 오늘, 사는 곳과 조금 멀리 떨어진 동네에 일정이 있어 부지런을 떨었다. 약간 두터운 재킷을 걸치면서 과한 선 아닐까 걱정했던 일이 무색할 정도로, 재킷은 오늘 날씨와 꼭 어울렸다. 이제는 이 옷을 입어도 되는구나. 뺨을 스쳐가는 바람이 찼다.

옷 정리 해두길 잘했다고 생각했다. 쓰고 싶은 시

와 써두었던 시들도 다시 들여다보고 싶어졌다. 털어버려도 좋을 문장들과 끈질기게 계속 붙들고 싶은 문장들이 무엇인지 구분할 수 있을 것 같았다. 변화하고 있는, 또 정체 구간에 놓여 있는 나의 일면들을 들여다보는 일도 해낼 수 있을 것 같았다. 옷장을 정리하듯이 가뿐하게 하기. 지금 나에게는 딱 그만큼의 결심이 필요하다.

기록함으로써 기록된 장면들

1

　자루는 병을 모으기 위해 놓여 있다. 자루에 병을 담는다. 유리병. 플라스틱병. 비어 있는 병. 스티로폼으로 된 병. 종이로 만든 병. 깨지기 직전의 병. 도끼로 깰 수 있는 병. 다시 쓸 수 있는 병이라면. 무슨 병이든 줍는다. 병에 대한 일지를 작성한다. 나뒹구는 병이 무수함. 병을 버리는 일에 고민하지 않음. 병을 쉽게 잊어버림. 어떤 병은 굴곡이 심하다. 어떤 병은 깨진 귀퉁이로 살갗과 표면을 가르곤 한다. 어떤 병은 자루를 거절한다. 온순하고 순진한 병만이 자루를 허락한다. 안 부서지고 안 쏟아지는 병들. 앓는다. 다독인다. 부대낄 때. 병들은 나를 분해할 수 있다. 나를 모으며 쓰임을 되찾을 수 있다. 쓸모를 얻을 수 있다. 나는 다시 쓰인다. 일지가 삭성된다. 행방 모를 내가 너무 많았다.

2

끝나니까 살 것 같다
그러니까

챙겨 봐온 시리즈가 막을 내려서
모험을 끝낸 주인공이 다음 모험으로 건너가서
그래서

하고 싶은 말이 뭐였을까
대화하지 않고
그려보자고

이면지 몇 장을 찾아냈다 연필을 쥐었다 내려놓
기를 반복하면서 제법 어렵다면서 입술을 비죽 내밀
면서 머리카락을 쥐어뜯으면서 그렇게

만들었던 장면
다 치웠는데

예전에 읽었던 책을 펼칠 때 미끄러지듯 흘러나
오는 종이 발견할 때마다
펼쳐보게 된다 반드시

비어 있는 종이
아무것도 남아 있지 않은 종이

처음 보는 것일 때
모르는 것일 때

베란다에서 정중하게 노크해 오는 사람이 있다
숨을 고르는 사람이 서 있다

그러니까
여기까지 왔다니까

가끔만 생각하려고

1판 1쇄 2026년 4월 9일

지은이 박규현
펴낸이 신승엽 ｜ 펴낸곳 1984BOOKS

편집 김시은
디자인 신승엽

주소 전북 익산시 창인동 1가 115-12
전자우편 1984books.on@gmail.com
팩스 0303.3447.5973
인스타그램 @Livingin1984

ISBN 979-11-90533-83-6 03810

잘못된 책은 구입하신 서점에서 교환해 드립니다.

ÉDITIONS
1984BOOKS